Hye-young Pyun

モンスーン

ピョン・ヘヨン　姜 信子［訳］

白水社
EXLIBRIS

モンスーン

This book is published under the support of
Literature Translation Institute of Korea (LTI Korea).

目次

装丁
緒方修一

装画
中谷ミチコ《あの山にカラスがいる》2017
Photo : Hayato Wakabayashi
Courtesy : Art Front Gallery

モンスーン

工事による停電は二時間だという。夜八時から十時までだ。昨夏、団地の電気設備に問題が起きた。台風に襲われ不意に電気が落ちたのだ。すぐさま復旧したもの、次の台風でもまた落ちた。今の設備のままならば、今年も同じことになるという。数週間の作業のすえに残るは最終点検だけとなった。予定では電気の供給と遮断が繰り返される。暗くならないとできないことだった。これまで管理事務所は数次にわたり了承を求めていた。

工事の前に住民公聴会が開かれていた。公聴会では別の問題が提起された。台風停電の折、何軒かの家の窓ガラスが次々と割れた件についてだ。電気が落ちた隙をついて、何者かがベランダの窓に石を投げたのだ。子どもの仕業ではない。腕力のある者が投げたにちがいない大きな石がガラス窓のそばで発見されている。被害は全部で三軒。団地関係者たちは犯人を捕まえられない理由を追及された。電気施設や停電に関する質問はなかった。公聴会の日から工事開始日までは少し間があった。全戸が施設分担金を納付しなければならないのだ。住民に納得してもらうため工事開始日は延期されたのだった。

まもなく停電がはじまるだろう。ユジンは少し怒っているようだ。テオが転職したことをたったいま告げたからだ。暗くなる、そう思うと話す勇気も出た。問いただしたり怒りをぶつける暇もなく、ユジンは外に出てしまうだろうから。転職前に相談することもできた。ユジンがその機会を奪ったのだ。テオが帰宅すると、ユジンは部屋に閉じこもってしまうのが常だった。鍵をかけているわけではない。しかし、閉めきったドアは明らかに入るなと言っている。それはテオの心を逆撫でした。独りになりたい、ということではなく、誰も入ることはできない、という意味なのだ。ユジンがみずから出てくるまでは、テオがドアを開けることはない。テオが寝入る頃、ユジンは音もなく部屋を出て影のように静かにベッドに滑り込んで眠る。

「倉庫でどんな仕事をしているの?」

ユジンは怒りを抑えて尋ねた。

「競売。賃貸期間が終わっても品物を取りにこないことがあるんだ。それを売る」

ユジンがそれしか言うことはないのかという目でテオを見る。さあ過ちを告白せよとその顔が言っている。

「それほど難しい仕事じゃないんだ。早口で専門用語を叫ぶ必要もなければ、身ぶり手ぶりを交えて価格交渉する必要もないしね。ただ適当な価格で売ればいいんだよ。とはいっても質屋ともまた違うんだ。高利貸みたいなものかな。利子がとにかく高いんだよ。こないだなんて一か月分の倉庫賃貸料を払わなかったからって、倉庫まるごと差押えだよ。容赦がない。その倉庫に何があったと思う? 少なくとも一千万ウォンはするソファさ」

これ以上なにも聞くまいと思っていたのに、ユジンはさらに尋ねた。

「一千万ウォンのソファだってこと、どうやってわかるの?」

テオは小さなため息をつく。ユジンはいつもどうでもいいことを尋ねては話をそらす。最初のうちは、やたらと他のことを考えてはつい口に出してしまうのだと思っていた。話の途中にわざわざ口を挟んで価格やら原産地やらを尋ねては会話をあらぬ方に持っていったりする。もうわかっている。延々と話したくない時には隙を見つけては問いを投げこむのだ。テオは失望し、笑みを浮かべる。答える必要はない。どうせ知りたくて聞いているのではない。

「で、あのいい会社をどうして辞めたの?」

話はもう終わったと思っていたところに、不意にユジンが尋ねた。テオはいつものように静かに微笑む。答えることなどなんでもない。もっともらしいいくつかの答えも持っている。なにかにつけて部下をいびり、実績を横取りする上司などいないほうがよい、と言うこともできる。上司はある特定の地域への偏見にこりかたまり、いつもテオの故郷のことをもちだしては嫌がらせをするのだった。すぐにも地方転勤の辞令が出るかもしれなかったから、と言うこともできる。いま退職すれば支援金を受け取ることができるから、とも言える。だが、ただ微笑むだけ。それがならいとなっていた。少し前まではそうではなかった。ユジンとテオは話をそらすことなく、互いに怒鳴りあった。ことさらに傷つける言葉を選んだ。いまのテオはもう違う。ユジンも違う。そういう時期はもう過ぎた。朗らかで楽天的だった会話は完全に消え去った。相手に怒りを向けることもない。それでもときには嫌悪の感情がテオを包み込む。なにげないささいなやりとりに心が萎えることも多かった。

仕事はきつくなかった。給与は良くはなかったが、前の会社に比べればという程度のものだ。しばらくは大丈夫だ。まとまった金もある。退職金もある。すこし前には保険金も受け取った。そのうち底をつくことにもなろう。そうなれば、家計を切り詰めねばならない家庭のどこもがそうであるように、ユジンもテオに漠然とした敵意を抱くかもしれない。とはいえ、それはまだ先の話だ。今は違う。ユジンは無能な夫と暮らさねばならない沈鬱な状況をまだ経験していない。スピーカーから間もなく停電になるという案内が流れでていた。何度も謝罪し了承を求めている。古びた三棟の団地に暮らす住民を慰労するかのように聞こえた。テオは管理事務所の指示どおりに部屋じゅうの電気のスイッチをすべて入れた。電気がついたり消えたり、その反復をとおして電源供給の問題の有無が確認できるのだという。

「約束はどこだった?」

明るい灯りの中でテオが尋ねた。ユジンは数日前から今日の約束のことを話していた。テオが外出させまいと引き止めるのではと心配するかのように。久しぶりの外出だった。

「取り消しになったの。家にいることにする」

ユジンは素っ気なく答えてじっとテオを見る。さらに言う。

「家にいるほうがいい」

主語がないので誰のことを言っているのかわからない。テオは聞き返さない。最初に工事のための停電のことを聞いたとき、久しぶりにユジンと外でのひとときを過ごすことができそうだと思った。家に二人でいるのも悪くはない。闇に覆われた家で、隣人たちがすべて出はらった限りなく静かな団地で、ささやく声で、ときには柔らかな笑いも交えて、じっくり話すこともできるだろう。テストのために電気がついては消えるのを楽しみながら、奇怪な闇と光が交差するなかに浮かび上がる互いの顔を見ながら。ひとり思っていたことではあったが、いざユジンから約束があると聞かされれば、拒絶されたように感じていた。心を開いて話し合う機会を失ったかのようだ。もちろんそういうふうにしたのはユジンだ。

「あなたは出かけるの?」

服をはおるテオにユジンが尋ねた。仕方なく出かけることにしたのだ。二人はいつのころからか、家や部屋をかわるがわる使ってきた。ユジンがこわばった表情で腕を組み、玄関の壁に寄りかかる。テオが家を出るまでそうしているつもりのようだった。すると、ほんの少しの間に過ぎないのに、この家に二度と帰ってこられないような気がした。

「こんばんは。お久しぶりです」

向かいの家の女だった。女が家の中をさりげなく覗き込み、ひとり出かけるテオをしげしげと見た。ユジンは女に挨拶もせずドアを閉めた。テオは階段へと向かう機会を逸して、気の進まぬままエレベーターの前に立つ。乳母車を押している女はじっと黙ってテオの後ろでエレベーターを待っている。こないだの台風の停電の折、女の家の窓が割れた。それからというもの、女は、怖いのは人間だと言いまわっていた。

エレベーターを待ちながらテオは壁の掲示物を読んだ。設備の転換方式を説明するチラシだ。何度読んでもよくのみこめない。情報の一部が抜け落ちているようだ。知らせる必要がないと考えているのかもしれない。掲示物を覗き込むテオを女が露骨にうかがいみているのを感じた。瞬間、テオは不快になったが、心穏やかであろうと努めた。

乳母車には二歳になる男の子が眠っている。女はテオとユジンに小児科を紹介してくれたのだった。先生がとてもいいんですよ。女はそう言ったのだった。わかりやすく説明してくれるんです、医学用語とかもね。こちらから尋ねる前に女は付け加えたのだった。もう何人もの人に同じ話をしているようだった。なにより家に近かった。それまで通っていた病院はユジンが勤める科学館の近くだった。だが、そこまでわざわざ行く理由もなくなっていた。ユジンは育児休暇中だったのだ。テオはたびたびユジンと一緒に病院に行った。そのためには半休を取らねばならないのだが、ユジンはひとりで赤ん坊の面倒をみることを怖がった。

女の言ったとおり、医者は安心感を与えてくれた。その感覚がどこからくるものか、考えてみるに容貌からのようだ。黙っていると俳優のようにも見える。診療室の机には家族写真が飾られている。ハンサムな医師とスタイルのよい美人妻、人形のような子どもが、同じ色合いの服を着て撮った写真だ。あんな家族に囲まれて明るく笑っている医者が、病人や病気かもしれない者を診るのは妙な感じだった。診療室の椅子に座ると赤ん坊は泣いた。ユジンとテオがあやしても言うことをきかない。医者には赤ん坊を泣きやませることはできない。それでも両親に最善を尽くして状態を説明しているようではあった。医者はしきりに二人に言った。この子は大きくなったら、とても賢くなりますよ。お世辞とはわかっていても気分がいい。そのほかにもいろいろな話をしてくれた。子どもがすぐに目を覚ますのは感性が鋭敏だからで、それは芸術的才能があるということだ、ひどく人見知りをするのは視覚認識力が発達しているからだ、そのうち背も高くなってお母さんそっくりの可愛らしい二重まつ毛になるだろう、細くて茶色い髪の毛になるはずだなどなど、医者の励ましのおかげでユジンとテオは自分たちが失くしたすべての可能性をわが子に見た。医者は赤ん坊に定期的に予防注射を打った。つまらぬ風邪でも処方箋を書いてくれた。後に赤ん坊の冷たい手足をさすり、閉じた目をこじあけて網膜出血を起こしているのを確認したのもその医者だった。テオは子が死んだと告げる医者の襟首を力いっぱいつかんだ。怒りで息を荒げて体を揺さぶるテオに、ろくに親らしいこともできないくせにお門違いの八つ当たりですかと医者は声をあげた。襟首をつかんだのが先だったか、その言葉を聞いたのが先だったのか、判然としない。診療を待つ人々はばらばらばらばらと立ち上がり、何人かが駆け寄ってきてテオを医者からやっとのことで引き離した。

「奥様の休暇は終わったのですか。最近まったく姿をお見かけしないですけれど」

エレベーターの中で女が尋ねた。育児休暇は終わっている。ユジンは科学館に戻れずにいる。診断書を提出して休暇を少しだけ延ばしてもらった。テオは質問に答えなくてはと緊張した。エレベーターの中のみながテオのほうを見ている。住民たちは気ままに問いを投げかけては、さりげなく探りを入れる。それがテオには居たたまれないことこのうえない。いや、そういうことではないのかもしれない。人々が自分に対して興味や、好奇心や、悪意をもっていると思うのはテオの錯覚だ。

「ええ、まあ……」

「もうそんな時期なんですねぇ」

女はテオの答えをいいふうに受け取った。

エレベーターが一階に着くと女がテオに、お先にどうぞ、と脇に身を寄せた。テオは年長者にでもなったような気分でエレベーターから降りる一団よりも先に玄関を出た。停電に備えて団地の外へと出た住民たちが思い思いの方向に散ってゆく。テオは住民たちから離れるためにずんずんと団地を出て駅の方へと向かった。

行くあてもなく歩くうちに「ダンス」というバーを思い出した。駅前のオフィスタウンの一隅にそのバーはある。あそこならば住民はいないだろう。厚い木の扉の脇に黒い字で「ダンス」と書かれた看板があった。内気で目立つことを好まない少女のような印象だ。防音になっているのか、厚い木の扉を開けるや、いきなり音楽が流れ出た。暗さに目が慣れるのに時間がかかる。店主が立っているそのうしろで「ダンス」というネオンサインがきらめいた。店の中はモノトーンの単調なインテリアで統一されている。店主の嗜好や性格を知られぬよう、ことさらに抑制しているかのようだ。

テオはビールを頼んで腰をおろした。本を一冊、携えてはきたのだが、照明が暗くて読みづらい。ただただゆっくりとビールを飲むことにする。

今ごろ団地は暗闇にすっかり埋もれていることだろう。予告の時間を二十分ほど過ぎていた。一瞬にして真っ暗になった団地を想い描けば、ずいぶん前から待ち望んでいたことのように心が落ち着いた。そのせいだろう、テオは、特に何をするわけでもなく歓びに満ちていた時間が自分から完全に過ぎ去ってしまったことを不意に悟った。団地に越してきた頃はまだ違った。テオとユジンは溢れんばかりの歓びにつつまれていた。ユジンが選んだ薄いベージュのカーテンは、光を受けてさざなみのようにきらめいた。カーテンを開ければ、床一面に光が差した。もう、いまは、光はない。

前の方に背を向けて座っていたひとりの男が、手洗いに行って戻ってくる途中、自分の席には戻らずにふっと立ち止まった。男は一瞬ためらい、意を決したかのようにテオの方へとまっすぐにやってくる。テオはそれをじっと見ている。

「これは、これは、お久しぶりです」

男がテオに手を差し出した。長身で面長の顔、きりりとした口元の男だ。五十代半ばくらいか。テオをよく知っているというふうに笑いかけた。親切そうな笑みだった。そういう表情でよく笑う人のようだった。この男が誰なのか、すぐには思い浮かばない。見慣れぬ顔にテオは身構える。

「館長です。科学館の」

「ああ、こんばんは」

館長と初めて挨拶を交わしたのはずいぶん前のことだ。病院でのことだった。科学館で倒れたユジンを館長とユジンの部下の職員が運んだ。連絡を受けてテオが病院に行くと、ユジンは眠っていた。彼らがテオに代わって入院手続きをしたのだった。過労だった。進行中の企画も多く、次の展示をユジンが担当していた。そのことがあってから子どもができるまでずいぶんと時が流れた。健康上の問題もあったが、ユジンがひどく怖がったのだ。子どもができたことをユジンは失敗だと言った。ただ一度だけだったがその言葉をテオは忘れられない。

「人違いかもしれないと迷ったのですが、やはりそうでしたね。おひとりですか?」

館長が尋ねた。テオがうなずく。

「私は約束があったのですが、キャンセルになりましてね。急に都合が悪くなったなんて言うんですよ。困ったことですが、どうしようもありません。ここはひとりで来ても実にいい場所です。なにか御用があってのことですか?」

テオは工事停電の話をした。館長は興味深げに、近頃でもそんなことがあるんですねぇ、と言う。テオは、かつての灯火管制とは全く異なるもので、電気の供給方式を変える過程で起こったことだと説明する。テオの話が終わっても館長は元の席に戻らない。話のつづきを待つように、テオをじっと見つめる。テオはじっと耐えた。そのうち耐え切れなくなって、心にもないことを自分から申し出た。

「よろしければ一緒に一杯やりませんか」

待ってましたとばかりに館長がすぐさま向かいの席に腰をおろした。見上げていたときには気づかなかったが、差し向かいに座ってみれば、ずいぶんと老けて見える。立っているときとはちがって、照明に背を向ける形になったからなのかもしれない。

「ユジンさんはいかがですか？　お元気にしていますか？」

「早く仕事に戻りたがっています。体もよくなりましたし」

テオは館長がユジンの上司であることを思い起こし、言葉を選んだ。なにかにつけてユジンは部屋に閉じこもって、日中も外に出る気配はなく、人の噂を聞いては悔しがり、声をあげて泣いている、などと話す必要はない。館長はユジンの復職の可否を左右する存在だ。テオが余計なことを言えば、ユジンは恥をかかされたと激怒することだろう。復職に不利益が生じたならば、それをテオのせいにするかもしれない。ユジンは科学館の仕事が好きだった。担当した展示に対する館長の評価や一般の反応を気にした。休職期間中も仕事をしていた。幼な子を寝かしつけて同僚が送ってきた企画書を検討する。テオの目には簡単なスケッチにすぎない展示物のイメージ図をファックスするためにビジネスセンターに出かけてもゆく。

「お体の具合はいかがですか？」

「ずいぶんとよくなりました」

「そうでなくっちゃいけません。また出勤して働く姿を早く見たいものです。本当に仕事好きですからね」

館長はそれだけ言うと黙り込んだ。まだ一杯も飲んでないのにテオと同席したことを早くも後悔しているようだ。軽い挨拶をしてユジンの様子を尋ねてしまえば、もう話すことは何もないという事実にいまさら気づいたかのようでもある。もう手遅れだ。

「いま実施中の展示が、ええっと、何でしたっけね、妻が言うには観客動員もかなりいいとのことでしたが」

ユジンに聞いたのではない。新聞で見たのだ。記事には小規模の私設科学館で特色ある企画を展開していると書かれていた。ただ、展示物の数が少なく、時にはその確からしさに疑問を感じる再現展示も目に付くという指摘もあった。館長と一時間以上も同席するならば、科学館の展示について質問したりあれこれ語ってみたりすることくらいしか話題はなさそうだ。他に共通の話題を探すことは難しい。ユジンのことは口が裂けても話したくなかった。

「動員ですか……、そういうのは重要なことではありません」

館長の断固とした返答をテオは内心ひそかに笑った。動員が重要でないのなら、なぜにユジンが展示の準備をするたびにテオを捕まえては、わかりづらい部分はないか、興味をひかれる部分はどこかと聞いてくるのか。

テオは場を持たせるために仕方なく当たり障りのない質問を投げかけた。館長は手短に返答すると、酒を一口飲んでグラスを置いた。ついさっきには、軽やかに近づいてきて再会を喜ぶかのようにふるまったというのに、だんだんと口数も減ってゆく。黙り込んでいるからだろうか、酒を飲むペースがどんどん速くなる。テオが次の展示企画のことを尋ねると、外でまで仕事の話はしたくないとばっさりと言い捨てる。そしてテオの質問が無礼だと腹を立てたかのように、もうまったく口を開かない。泣きだしそうにも見えて、テオは自分が館長を苦しめているかのような錯覚に陥った。

ユジンが館長について話した言葉の数々が思い起こされた。どれもはっきりとは記憶していない。きっと職場の上司についてありがちなことばかりを話したのだろう。厳しい人のようだが、よくよく知ってみれば心あたたかな人だった、といった話だろう。気まぐれで自分勝手、というような話ではなかったと思う。ひとつ思い出した。館長の家はここから遠くないということ。行政区域は違うがテオの家のある町内から橋をひとつ渡ればもうすぐそこだということ。

「特に好きな酒はありますか？　ここは小さい店だけど、これでもなんでも揃っているんですよ」

館長がしばしの沈黙を破って口を開いた。寛容の心を施す裁判長のような声だ。

「ビールさえあれば十分です」

「ここに来たのは初めてですか？」

「ええ」

「私はときどき来るんですよ。人と話すのにもいいし、静かにひとり音楽を聴くのもいいですし」

館長のグラスを空ける速度がはやくなる。酒を飲んではなにかと周囲を見まわしたり、携帯電話をのぞきこんだり、落ち着かぬようでもある。最初の親しげな微笑は影を潜めている。バーに入ってきた一団の客が腰をおろして騒ぎたてるや店主を呼んで静かにさせろと言い、テオにきまりのわるい思いをさせた。酔うほどに館長からユーモアの感覚が消えてゆく。テオにはそれが理解できない。顔つきが不機嫌になってゆく、声が大きくなる、床に酒をこぼす、そんな酒の席はごめんこうむりたい。ようやく館長がテオのこわばった表情に気がついた。

「ああ、申し訳ありません。私ばかり飲んでいますね。酒はあまりお好きではないと聞いてましたのに……」

館長はよくもご存知だ。テオがそんな話をしたことはないというのに。

「科学館の仕事についてはけっこう知ってらっしゃる？　ユジンさんからいろいろ話を聞かれていますか？」

館長は酔いを抑えるかのように姿勢を正して尋ねた。物静かだが冷たい声だ。科学館については知らずとも、その質問の意図くらいはわかるような気がする。いやな気持ちにはならなかった。実際知っていることはほとんどなかったが、今後のために知っておこうと思った。

「いえ、もう、なんとなく知っているくらいですよ。館長はいかがですか？　楽しいですか？」

「そうですねぇ、私は専攻が英文学なんです。三年前からこの職に就いて、定年まであと十五年ほどになります」

館長がテオの目をまっすぐに見てそう言った。それで説明はすべて済んだというふうにしばらく沈黙する。戸惑うテオを見て館長が笑う。愉快そうですらある。店主が二人を振り返った。大声をあげて騒いでいた一団も二人を見た。館長の笑い声は不自然に大きかった。ひと悶着起こしてやろう、というわけではないようだ。ただ笑っただけ。テオは英文学科出身の年若い人間が科学館の館長になるということにひとしきり想像をめぐらせた。人並みはずれた努力や才能ゆえのことではないだろう。

「科学館では誰でも私の会議室に入ってきます。でも、誰も私の言うことなど聞きはしません。

職員たちの間では『館長は何も知らない』と言われているかもしれません。私が何か指摘したところで、取り合ってもくれません。『そのようなものは展示物として再現不可能です』。それでおしまいです。とりわけ展示においては、再現できない科学は科学ではないのですから。ユジンさんもそういうタイプです。『証明できないものは無用です』。きっぱりとしています。でも必ずフォローがあります。『とはいっても、世の中にはそういうことはたくさんあります。確かなこととして証明しうるものはありません。なので、とりあえず検討はしてみます』。ありがたいことです。話を聞いてくれようとするのですから。でも、それでおしまいです。それが不満だというわけではないんです。検討にせよ、決定にせよ、すべては職員がすることですから。私の意見が受けいれられることはほとんどありません。財団が任命する館長というのはそんなものです」

「多くの場合、責任を取るということがなにより難しいですからね」

「責任ですか？　そうですねぇ、科学館での私の役割は、会議の時に職員たちが他の考え事をしないよう質問をすること、赤字運営を理由に常に展示室閉鎖を要求してくる理事たちを説得すること、それに尽きると言っても過言ではありません」

「お気持ちわかります、いやになりそうです」

「そうとも言えますが、そう言ってほしくてこの話をしたわけではありません。会社にお勤めでしょう？　電子製品の会社でしたか？　そこの仕事もなかなかに面倒なものでしょう？　どこも似たようなものですよ」

　テオは答えずにただ笑った。

「科学館の仕事は実に興味深いものです。すべてが科学と関連のあるものばかりではありません。

特に展示はそうです。展示においては形象化が不可能なものは科学ではないのですから。形象化されたものもよくよく見れば、多くは想像と推測の産物にすぎません。私もようやく学びはじめたようなレベルではあるのですが、確かに面白いところがありますね」

「科学のことはよくわからないんです」

「大丈夫ですよ。わからなくともどうってこともありません。実際、科学なんて私たちには別段関わりのないものです。現実の人生の出来事ともまったく別のことですしね。あ、ユジンさんの専攻は違いますよ。気候学はとても実際的で隠喩的な学問ですね。これまでユジンさんにはずいぶんと助けられました。関連の展示ももう何度も企画していますし、展示の経験もいちばん多いほうですしね。彼女、展示を企画してイメージする感覚が抜群なんです」

館長は適切な例を探すかのようにふっと黙る。テオはすでに館長の話すことに興味を失くしている。ユジンに対する評価がひどく大きな意味を持つように思われて、われながら驚くばかりだ。推測からはじまった疑惑とそれゆえの絶望がいよいよ強く深くなってゆく。

赤ん坊を亡くしてテオは会社を辞めた。相も変わらず心を傷つける上司に対して自分が何をしでかすのかわからず、怖かった。その頃テオは上司が心ないことを言う瞬間を待ちこがれていたのだ。全身を満たす憤怒とともに。暇さえあれば、あの夜に何があったのかを想像した。すると噴き出す怒りと怨念で脳味噌が溢れかえってゆく。理解するよりも怒ったり憤ったりするほうが簡単だからなのだろう。

ユジンのせいではなかった。事故だった。テオはそれをわかっている。だが、そう思えないときもある。ユジンがなんら愛情を感じられない顔に戸惑いの表情を浮かべて眠る子を見ている姿を思い出したり、子どもができたことを指して失敗だと言ったその言葉がよみがえるたびに、不快な感情がテオを不意に包み込む。ひとが子どもを可愛いと言ったり撫でたりすれば、ユジンの表情もつかのま和らいだものだったが、子を誇らしく思ってのことではない。ユジンは育児に疲れてひどく不機嫌だったし、テオの目には明らかに鬱病であるのにそれも否定して、腹を立て、その怒りをテオやわが子に向けていた。

医者もまたテオの考えに同調した。奥様の憂鬱な精神状態が心配です、と。医者のまるで他人事のように無責任で軽薄な物言いにテオは腹が立った。怒りのあまり医者の襟首をつかんで前後に揺さぶった。それはまたたくまに団地の住民の間に広がった。テオが騒ぎを起こさなければ噂が広がることはなかっただろう。興味本位の視線を意識せずにすんだだろう。闇にまぎれて団地のガラス窓が割られることもなかっただろう。

あの日、なにがあったのか、テオには確かなことはわからない。わからぬままにとりあえずは生きることにした。時が流れた。次第にあの日のことをユジンに問わなくなった。聞きたくない答えがあるならば、問いただしたところでどうしようもないのだと気づいた。ただ知りたいからということだけで問うてはならぬこともあるのだ。ユジンに対してもそれまでと同じように振舞うことができた。他のことばかりを考えて心ここに在らずであることを悟られぬようにした。

それでもユジンがやさしく穏やかな顔で眠るのを見れば、突然両手で顔を覆い必死で声を殺して泣きもした。そうなると、もう、ユジンの顔を見ることはできないと思う。こんなふうに考えてはいけないのだと何度も自分に言い聞かせたが、永遠に理解できそうにないことがあった。たとえば、生きている者は生きなくちゃと言いながらテオに食事をすすめる姿、ぼんやりとした顔のテオを見ながら、いつまでそうしてるの、という表情を浮かべること、子どもゆえに生じたお金を受け取るために保険証券を差し出すのを見てからは確信すらした。だが、その瞬間さえ過ぎてしまえば、そうではないことはすぐにわかる。誰のあやまちであれ、テオとユジンはともに苦しんだ。自分と同じようにユジンも子を亡くしたのだ。自分が味わっている不幸はユジンもまた味わっているものなのだ。そう思えば、切なくなる。ユジンを愛している、テオはそう呟いて眠りに落ちるのだった。

館長を見るほどにあの憤怒がよみがえってきた。不意に怒りがこみあげる。だが、性急な判断と衝動的な怒りには気をつけねばならない。テオはふたたび館長が話しだすよう仕向けた。

「気候学について私が知っていることは特にありません。気象学もおなじです。知っているのはせいぜい天気にまつわることわざ程度です。お恥ずかしいことですが、ほんとうです。One swallow dosen't make a summer（早合点は禁物）のようなごくありふれたものくらいです。ユジンさんには幼稚な質問を沢山しました。なぜ台風の進路の正確な予測は不可能なのか、風向きはいつ変わるのか、といったことです。気温差や自転が風を起こすのだということは常識的にわかっています。しかし、モンスーンのようなものの場合にですよ、あのように規模の大きな風は、いつ風向きを変えるのか、その瞬間をあらかじめ知ることはできないのか、といったことを理解するのが難しかったのです。それについてはご存知ですか？」

テオは首を横に振る。館長の話をさらに聞きたいのかどうかもよくわからぬまま。

「ユジンさんに尋ねても納得できるような話は特にしてはくれませんでした。話してくれたのは、風が吹く方向を変えた後にようやく正確な風向きを知ることができるのだということだけです。

おかしいじゃないですか。私がもう一度尋ねると、等圧線を見れば風向きを推し量ることはできると話してくれました。確信はできないけれども、推測はできるという話です。ただ最善を尽くして推測するのみだと」

「ここに来たことがあります」

「あ、そうですか？　いつです？　気に入ったのですか？」

館長が穴が開かんばかりにテオを見つめた。テオが話に水を差したこと、さっきとは言うことが違うことに戸惑っている表情だ。戸惑いの他の感情は感じられなかった。それがテオを苦しめた。館長がゆったりと構えているように見えることが。館長は椅子に背をもたせかけて座りなおした。赤く上気した顔は穏やかだ。

「妻もここに来たことがあります。赤ん坊をひとり置いたまま」

テオが言う。不用意だった。一度口に出したら、もう止められない。度が過ぎたと思いもした。意地になっているのはわかっているが、確信を手放すことができない。酒に酔ってのことではなかった。テオはもう飲んではいない。なのにひどく酔ったように感じた。あやうくすべて言ってしまうところだったが、後ろのほうのテーブルで大きな音がしたおかげでその程度でとどめることができた。

あの日ユジンは急いでいるようだった。子を抱いてはいなかった。ユジンにはテオが呼ぶのが聞こえていなかった。テオはもう一度ユジンを呼んだ。またしてもユジンには聞こえない。もう呼びはしなかった。あとをつけた。どれだけ急いでいるのか。あとを振り返りもしない。ユジンは駅の近くの建物に入ってゆき、一瞬姿を消した。テオはあちこちを見てまわった。ユジンがよく行くビジネスセンターがある。そこにはいなかった。地下へと降りてゆく見慣れた後姿が見えた。降りてみれば、厚い木の扉があった。テオは迷った。その扉を開けなかった。一度扉を開けてしまえば、何かを見ることになる、それがためらわれた。

「その話は聞きました。皆が残念に思いました」

「皆というのは？」

「職員たちです。そして私も」

「あの日ここに来たでしょう？　子どもが死んだ日です」

あの日テオは木の扉の前を行きつ戻りつしたすえに団地へと戻った。帰りを急いだ。子は家にひとりだった。幸いぐっすりと眠っていたようだった。テオは着替えもせずに子の傍らに横になった。すやすやと眠る寝息にホッとした。途端に気になりだした。ユジンは眠っている子をひとり置いてどこに行ったのか、急用があるならばそれは何なのか、誰かに会いに行ったのか、それは誰なのか、厚い木の扉が頭の中にしきりに浮かぶ。テオは子が目をさまさぬよう、そっと立ちあがった。子が少しむずかった。寝返りを打った。テオは驚いてじっと立っていた。子がむずかるうちにうつ伏せになった。そして寝入った。すやすやと寝息を立てた。テオははっきりとその音を聞いた。

さっきのあの場所に向かう途中、団地のほうへとひどく急いで歩いてくるユジンを見た。テオは見つからぬよう道の向かい側の商店街に入ってゆく。ユジンはまたたくまにテオを通り過ぎる。テオはゆっくりと歩く。地下一階に降りてゆく。厚い木の扉を押す。ひとりきりで座っている者はいない。テオは空いているテーブルに腰をおろした。ここに座っていた誰かが出ていったばかり、というような痕跡はない。テオはビールを一本頼んだ。愚かさを噛みしめつつ一口飲み、すべて飲みほす前にただならぬ声の電話を受けたのだった。

館長が心配するようにテオを見てゆっくりと口を開いた。

「ときおりここへ来ますが、今日のように偶然に誰かに会うことはまずありません。偶然とはそうたやすく時間を与えてはくれるものではありません」

館長の答えはわかっていた。ユジンもそう言った。誰かと会っていたのではないのだと。ビジネスセンターから科学館にファックスを送ろうとしていたのだと。よくあることだった。子どもをひとり置いて出かけたのは初めてだったが。サイズの問題でファックスは送れなかったと言った。

しかし妙な話だ。誰もあの日にここに来なかったというのか。ここに来ていたのは自分だけだったというのか。自分だけが不確かなユジンの足取りに惑わされ、子を置いて、ひとりここに来たというのか。

「私はさまざまなことを経験してきました。考えてみれば本当にそうなんです。科学を専攻してもいない人間が科学館館長のようなまねをするならば、会議室に座ってただうなずくだけで、職員たちに生物や気候学、絶滅動物に関して基礎的なことを尋ねてばかりだろう、なんてお考えになってはいないですよね。私は職場が職場ですから、自分がよく知りもしない論理的で実証可能な科学について人と話すことが多いのですが、そうこうするうちにそれがすべてではないことを知るようになりました。断定し、確信し、理解できることはそう多くはないということです。人生というのは科学よりももっとずっと複雑ではないですか。たぶんそうなのだろうと思うのです。

人生は科学以上なのです」

　テオは館長が個人的に悪意を持っているか、わけあって自分を苦しめているのだと思っていた。だが、苦痛は思わぬことからやってきた。初めて他人に子が死んだと話したことから。館長が立ちあがった。何も言わずにまっすぐに立ち、厳しい顔でテオを見おろした。しばらくそうしていたかと思うと、そのまま店を出ていった。厚い扉がゆっくりと閉じていった。

　すさまじい苦痛に苛まれている間も、店主の皿を洗う音、あとから入ってきた一行の騒ぎ声、低い声の女がすすり泣くように歌う声、そのすべてが聞こえることにテオは驚いた。最初は怒りだと思っていた。そうではなかった。怖れていたのだ。ユジンはすべてを知っているのではないかと。わかっていながら知らないふりをしているのではないかと。ユジンはテオの追及と疑心にひとり耐えていた。

　一方テオはしきりに尋ねた。本当にそれだけなのか？　ユジンが嘘をついているのだとばかりに。私の言っていること信じてないよね。ユジンが何度も繰り返した説明をいまひとたび静かな声で終えると、テオに言った。テオは黙り込み、ユジンは失望した。それから先はいつも同じだった。ユジンは涙ぐみ、テオは唇をかみしめる。何の解決もないまま、それ以上交わす言葉もないまま、それぞれの部屋へと別れてゆく。きっと一緒に暮らすかぎりは声帯手術を受けた動物のように声ひとつないことだろう。沈黙のうちにも人生はつづく。ときおり生活の音が紛れ込む。手洗いの水が流れる音が聞こえる、放心したテオのおならの音がする、くしゃみや咳の音のようなものが混じりこむ。だが、沈黙を破ることはできない。それでもテオとユジンは責任と汚名をともに分かち合い、そこから生まれる奇妙な同志愛を放棄することはなかった。

あの日を境に起こったことは、想像を絶することだった。同情されるだろう、くらいは思っていた。が、違った。おそらく偶然の出来事だったからだろう、因果がはっきりしないことはつねに忌まわしい物語を創りだすものなのだ。なにより悪かったのは、ユジンの故意によるものという疑惑を招いたことだった。人は偶然がもたらす淡い可能性を信じはしない。ユジンの仕業にするのは不当なことだった。ユジンもまた子を亡くし、そのうえさらに罪の意識に苦しんでいる。なのにテオもまただんだんとそう思いはじめた。実際に起こったことよりもなお真実らしく、心を惹かれた。それは自分自身を責めるよりも正当なことだし、よりもっともらしくもあった。

時が経てば解決するだろうと思うことが唯一の慰めだった。だが、時がけっして解決できないものもある。両の腕で包み込んで抱きしめたときの、腕の中を満たしたあの感覚。子を抱いていないというのに、寝かしつけていた時間になれば、腕がじんじんとして胸が熱くなるのだ。体の記憶は時などものともしない。子のことを思うたびに、眠っている姿が思い起こされた。ユジンの胸に抱かれて眠る子、枕に頭を沈めて眠る子、安らかに閉じられた二つの目のごときもの、それがテオの記憶する姿。

ようやく腕をあげて時間を確かめた。もうまもなく工事停電の時間も終わることだろう。テオは立ち上がり、ゆっくりと厚い木の扉を開けて、地下から抜け出す。

団地はまだ暗かった。これほどに巨大な闇は初めてだ。テオは商店街から吐き出される光の下から黒い団地を見あげた。自分は光のもとにあり、ユジンは闇の中にひとりいることが奇異に感じられた。光の量の違いをテオはことさらに意識した。その間隙は永遠に狭まるようには思えない。それでも、まだ暗かったから、あそこに行ってみようと心に決めた。闇のおかげだ。互いに見つめ合うなかを行き交う沈黙に耐えなくてもいい、ユジンの目に浮かぶ戸惑いや疑いも確かめずにすむだろう。テオが歩きだそうとしたそのとき、ちらちらと電気が灯った。次々に団地三棟すべてが明るくなってしまえば、商店街の灯りはみすぼらしく映る。明るい光の中では何も言えはしないだろう。ユジンが自分の話を聞けばどんな顔をするのだろう。怖い。テオの言葉はきっとユジンの怒りを呼ぶ。ユジンがすべてを知っているとすれば、テオのほうが耐えられないかもしれない。テオが無益で取り返しのつかない過ちを犯すのを光が押しとどめた。

テオはいますこしその時を引き延ばすつもりであとずさる。団地がふたたび暗くなった。しばし眺めてやる。ためらうように灯りがともる。また灯りが消え、そして点く。予告された時間が過ぎたあとも何度かそんなことが繰り返された。

観光バスに乗られますか？

袋だった。

袋は大きなコンテナの真ん中に置かれていた。袋のほかは何もないから、コンテナはひどく広く見えた。

これか？

Kがコンテナの中に入って言った。

それしかないじゃないか。

SがKにつづいて入っていった。コンテナにカンカンと足音が鳴り響いた。

彼らは袋の両端の持ち手を仲良くひとつずつ持った。軽くはない。重いほうだと言ってもよい。男ふたりで持っても重い、というほどではなかった。SとKは背が同じくらいなので、袋の重さを等しく分けあった。並んで袋を持つのに便利なように、体型と体格の似た二人を選んだようだった。

重いね。

軽くはないね。

彼らは一、二、三、と声をかけはしなかったけれども、声を合わせているような心持ちで足並みをそろえて、コンテナの外に出た。駐車場の隅にあるコンテナは部署で倉庫として使っているものだった。

倉庫がこんなに空っぽでもいいのか?

扉を閉じながらKが言った。

だから机が倉庫になっているじゃないか。倉庫にしまうもの全部が机の上に積まれているんだから。

Sが言う。

そうは言っても、だいたい倉庫というのは何かでいっぱいになっているじゃないか。

ふつうはそうだろう。一生見ることもない書類をしまいこむんだから。でも、おれたちは電話と書類ですべてが解決するような仕事だから、倉庫にしまいこむものも特にないんじゃないか。

鍵をかけながらSが言った。

おれはむしろ倉庫が空っぽなほうがいいな。

何を言ってるんだ、とばかりにKがSを見た。

倉庫の中に置くのは、ほとんどがそこに置きっぱなしでも問題がないものだろ。その点では捨ててもかまわないものでもあるしな。倉庫が空いていると、なんだかすっきり処理されたような感じになるじゃないか。

KはSの口ぶりが上司そっくりだと思った。嫌な感じではない。話し方というのはだいたい互いに似るものなのだ。Kもまた疑問形で終わる自分の話し方が、ときおり上司に似ていると感じることがあった。

灰色の建物と黒い車の間に置かれた袋は、無造作に放り出されたゴミのように見えた。デザインが旧式で、なによりも汚かった。

米や麦を詰めるのにちょうどいいよな。

おまえはそういうのを詰めたことがないから、そういうことを言う。

都市に暮らす者のうちで、そんな経験のある人間がどれほどいるかってんだよ。

あんな袋に入れたら、小さな粒は全部こぼれ出てしまうよ。

だけど、Kが袋を指でつまんでさすりながら言う、二重になってるじゃないか、中でビニールが二枚重ねになっているみたいだ。

Kが指でつまむたびに、袋は返事をするかのようにガサガサと音を立てた。

袋の口はしっかりと閉じられている。中味を見るには、はさみで上の部分を切らねばならない。それはできない相談だ。袋を開けてはならないというのが上司からの指示だった。

トランクならよかったのに。

格好もつくし、ゴロゴロで引っ張ってゆくこともできるしな。

どうしてクイックサービスみたいなバイク便を使わないんだ?

だからおれたちを使ってるんだろ?

おれらがクイックサービスってか?

似たようなもんだろ。

配達してきたら、ステッカーをもらえるのかな。

ふつうクイックサービスマンがステッカーを渡すじゃないか。

じゃ、おれらが上司に?

彼らは顔を見合わせて首を横に振った。上司は冗談が通じないタイプだ。

倉庫から出ると、ターミナルに行くためにすぐにタクシーに乗った。袋はトランクに入れた。穀物を詰めるのにぴったりの袋を配達するのが彼らの仕事だった。上司の指示だった。上司は袋を指定された場所に運んで置いてくればいいのだと言った。絶対に袋を開けてはならないとも言った。

簡単だろう?

指示を終えると上司は確認するかのように、正面に座るKとSを眺めやった。業務指示の後に、簡単だろう? と言うのは上司の癖だ。KとSは並んでうなずいた。

ターミナルからいったんD市行きの高速バスに乗れ、と上司は言った。彼らはその言葉にもうなずいた。最終目的地はわからない。必要とあらばメールで指示が行くだろうということだった。妙な指示だとは思わなかった。そもそもが業務指示というのは部分的なものなのだ。部屋を出ていこうとすると、上司がいまいちど彼らを座らせた。

簡単な仕事なんだから、失敗なんかしないよな?

上司が真剣な顔をして尋ねた。上司はふだんから面白味のある人ではないけれども、押さえつけるタイプの人でもない。

実は私も指示を受ける立場でね、結構神経をつかっているんだよ。

上司が指示を受けるほどの仕事ならば、と彼らは考えた、たぶん社長や会長が関与していることなのかもしれない。

見てくれよ、こんなのを渡されたんだ。

Kがカバンから紙を取り出した。上段に「観光バス乗車券」と書かれている。

いつもらったの？

おまえがトイレに行っている間に、上司がおれを呼んでこれをくれたんだよ。

SはKから渡された観光バス乗車券をまじまじと見た。乗車日が表示されていないチケットだった。裏面にびっしりと使用方法が記されているのだが、そのなかには類似のタイプのバスならば、いつでも利用できるといったことも書かれていた。

こんなのがあるんだな。観光バス乗車券みたいな。

おれも初めて見た。考えてみれば、もうずいぶん長いこと観光バスになんて乗ってない。おまえはいつ乗った？

Kが尋ねた。

観光バスなんかには、ふつう乗らないじゃないか。他の都市に結婚式に呼ばれて行くときや、会社の研修のときには貸切のバスに乗ったりはするけれど、観光のためにバスに乗ったのは修学旅行以来ないような気がするよ。

ふつうはそうだろ。なのに道路ではしょっちゅう観光バスを見るよな。

団体で行くようなところが多いんだろ。おれは団体観光はごめんだね。遺跡や産業団地に行くのなんかはね。見た目も同じ観光バスが列をなして、道を走っては観光地やショッピングセンターに停まるじゃないか。観光客たちが行列して写真を撮って、またぞろぞろと集まってきて観光バスに乗って、観光地でぞろぞろと降りて……。

一種の環状線のようなものだね？

出発地に戻るという点では。

で、おまえさ、なんでそんなにしょっちゅうトイレに行くの？

実は腸の調子がよくないんだ。少しでも神経をつかうと体じゅうが大腸になったみたいになる。

Kがくすくす笑う。SはKがすぐに話をそらそうとすると思っている。だから、腸の問題で少し席をはずした間にKが上司からもらったのは観光バス乗車券だけでなく、ほかのものもあるんじゃないかと考えた。Sは不正は見逃すことができても、不利益には耐えられない性格なのだが、あえて突きつめないことにした。結局は、仕事というのは、もらった分だけやることになるのだから。彼はKに、観光バス乗車券をしまっておけ、と言ってタクシーから降りた。

＊

高速バスのトランクに袋を入れた。運転士が番号を書いた荷物引換証をSのほうに差し出した。SはKが引換証を受け取るまで知らん顔をした。Kがなんなんだよっという顔をしてSをじっと見て、仕方なさそうに引換証を受け取った。Sは素知らぬ顔でバスに乗り、番号の席を探して座った。あとから乗ってきたKがバスの中をぐるりと見まわして、Sの隣に座った。空席はほとんどない。いまから出発するバスだというのに、長い走行を終えて目的地に到着したかのように人びとの表情はくたびれていた。

平日だというのに、どこに行くんだ？

知らないね。袋をぶらさげてゆくようなダサい連中はおれらだけだよ。

不満げにSが言う。

彼らは高速バスが出発して休憩所に停車するまでずっと寝ていた。平日の昼間に車の中でこんなふうに寝たのはいつ以来だろうか。思い出せない。

定例会議をしているころだよな？

休憩所でトイレに行ってきたKがおでんの汁をずずずと飲みながら言った。

ラッキーだったよ。何も言うことはなかったからな。

Sが言った。

おれもさ。

そうは言っても、Kは会議では発言の多いほうだ。ときには上司の立場を代弁して、またあるときには他の誰かの意見に同調して、あるいは大多数の考えに共感して。

ひとりの男がバスに乗ってきて、乗客に番号票を一枚ずつ配りはじめた。彼らは男が差し出した番号票を何も考えずに受け取った。Kがもらったのは7番、Sは8番だった。番号票を配った男が、抽選で何名かに倒産した会社の時計をプレゼントするのだと言った。Sは縫い目がほどけてぼろぼろに糸が出ている自分の時計を見た。

よくあるやつだ。何か売りつけようってんだよ。

Kが言う。Sもうなずく。男が番号を叫んだ。9番、15番、7番、Kがすっと立ち上がった。

何を企んでるのか見てくるよ。

Kが男についてバスを降りた。9番、15番のふたりの乗客も男についていった。SはKを待つあいだ、時計をいじくっていた。少ししてKが戻ってきた。何も持っていない。

時計は？

ナビを買ったらくれるんだって。おれ、車もないのに。

Kは座席に戻るとすぐにカーテンを引いて窓を覆った。バスが少し暗くなった。Sは時計をはずしてポケットに入れた。彼らはD市に到着するまで眠りつづけた。


D市は盆地だった。ターミナルから見るかぎりでは、盆地という感じはない。四方に重なり合うように連なる山の頂がかすかに見える、が、そんな風景は彼らが暮らす都市にもある。盆地だからなのか、彼らが暮らす都市よりも蒸し暑いような気もした。

D市に来たことはある？

初めてだよ。

ここは生肉が有名だっていうけど。

生肉？　と問い返して、Sは袋を眺めやる。袋はSとKが座っている椅子の間にどさりと置かれている。Kはツンと袋を突いてみた。

なにか紙のかたまりのようでもあるし、グニャっとしている感じが、なんというか、生肉みたいな感じというか、まあ、そういうのが入っているような気がするんだよ。ぶよぶよしてるかと思えば堅くて、堅いかと思うとぶよぶよしてるっていうか。

相反する二つの感触のために、それが何なのか皆目見当がつかないと言うのだ。SもKの真似をして袋をツンツンとあっちこっちつついてみた。なるほどKの言うとおり、こちらが板のようであるなら、あちらはぐにゃりとした感じが肉のかたまりのようでもある。彼らは指でつつきまわしてみた。袋は声を持たない縫いぐるみのように沈黙を守っている。

D市に到着したというメールを送ったが、上司からはなんの連絡もない。上司は、会議また会議、決裁また決裁、取引先との約束また約束と、とにかく忙しい人だ。すぐに返信が来るはずもない。

ターミナルは複雑なうえに椅子が硬くて、長いこと座っているのはつらい。彼らは近くのカフェに席を移した。カフェではターミナルを出る前に買った新聞を読んだ。一面にはD市を根拠地とするプロ野球チームの前日のゲームの記事が載っている。KとSが好きなチームではない。それでも新聞を買ってよかった。テーブルの下に袋を置いて、新聞を二つに分けて、向かい合って座って読んでいると、なんだかのんびりとした気分になった。その間にSは一度トイレに行ってきた。

これも一種の出張だよな?

Sが尋ねた。

そうさ、出張だよ。

帰るときにはお土産を買ってかなくちゃだめかな?

うん。

同僚たちは出張に行ってくると、その地方ならではの食べ物を買ってきて配った。小豆のたっぷり入ったパンとか、くるみパンとか、大麦粉と小麦粉をもっちりと練った蒸しパンとか、ジャガイモをすりおろして蒸した餅のようなものだとか。

帰り道でなにか適当なのが目に入ったら買えばいいよ。生肉を買っていくわけにはいかないからな。

生肉を分けて配るのも大変だしな。

彼らはふたたび新聞を読みふけった。足をのばすたびにテーブルの下に置いた袋にぶつかった。Kは袋を避けて足をのばした。新聞を読んでいる合間合間に彼らは携帯電話をのぞきこんだ。上司からはまだ連絡がない。上司もまた誰かからの連絡を待っているのかもしれない。Sは退屈したのか、新聞を折りたたみ、足で袋をとんとんと蹴った。

不意にSがテーブルの下へとかがみこんで、袋に鼻をつけてクンクンにおいを嗅いだ。

袋からなにか臭ってこないか？

その言葉にKも袋に鼻をつけてにおいを嗅いでみた。

酸っぱいにおいだな。なにかが腐っているみたいだ。

ひどいにおいではないよ。高速バスのなかで染みついたにおいかもしれない。バスに乗っていたおばさんのひとりが大きな箱をトランクに入れるのを見たんだけど、あの箱からキムチのにおいがしていたような気がする。

ひょっとしたら、コンテナに保管されている間に錆びた鉄のにおいのようなのが袋に染みついたのかもしれない。密閉空間に長く置かれていれば、どんなものであれ少しずつなんらかのにおいを漂わせるようになるものだ。

上司からはまだ連絡がない。退屈してあたりをぐるぐる見まわして、Kはカフェがまるで植物園のように植木鉢が多いことにいまさらながら気づいた。大部分は天井に届くほどの観葉植物だ。

Kはそばにあったゴムの木の葉を触ってみた。葉の先っぽが黄色く乾いていたが、作り物だった。プラスチックの葉の触感は袋と似たような感じだった。

Kが突然に何事かを思い出したかのように、驚きの声でSに言った。

この仕事が今日中に終わらなかったらどうする？

そう言われてSは、袋を届けるのにはたしてどれほどの時間がかかるのか想像もつかない、ということにはじめて思いが至った。こんなふうに時間ばかりが過ぎていくなら、D市で一泊しなければならないかもしれない。彼らは目的地も知らなければ、袋の受取人も知らない。上司からいつ連絡が来るのかもわからない。万一こんなふうにずっと待たされるのなら、たかだか袋一つを配達するのに何日かかるかわからない。Kは、こういうことになるんだったら、きれいで広い宿をあらかじめ探しておいたのに、と思った。たちまち心が重くなった。が、宿のためではない。職場にやりのこしてきた仕事のことが思い出された。今日の業務を処理できなかったからといって、時間が過ぎた分だけ仕事が減るわけでもない。

それより、日本の村田さんに連絡しなくちゃいけなかったのに、すっかり忘れていた。

Sの表情が暗くなったのを見て、大きなミスなのかもしれないとKは思った。Sはなぜいつも仕事が後手後手なんだろ、とも思った。ほんの少しだけでも早めに思い出して処理すればいいのに。KはSが業務上の苦境に陥るのは当然のことだと考えた。

今すぐにでも電話しろよ。

Sは手帳をひっくりかえし、村田さんの電話番号を探し出した。電話をかけようとして、Sはすぐに力ない声で言った。

無駄だよ。資材別の原価上昇推移がわからないと。村田さんが知りたがっているのは、先月の原資材の内需価格なんだ。それを整理した書類は事務所にある。中身のない電話を気軽にできるような相手じゃないんだ。

そもそも書類がなかったらどうしようもないじゃないか。

Kが袋を足でトンと蹴って、視線をそらした。Sと同じく、やり残してきた仕事が思い出された。Sと同じく、どうしようもなかった。業務を進めるためのすべての書類は、いつも、ほとんどが、事務所の机にあった。

心が重くなった彼らは他にするべきことも見つけられず、新聞のクロスワードパズルを全部埋めた。蛇足や無用の長物を意味する「ブ」で始まる2文字の言葉を探すのに少し時間がかかったが、なんとか考えついた。Sがもういちどトイレに行って戻ってきてから少しして、上司からメールがきた。

申し訳ない。私も連絡を受けるまでに時間が少しかかってしまって。そこから市外バスに乗ってB郡に行ってほしい。

彼らはさっと立ち上がり、袋の両端を並んで持った。Sは袋をつかんだ手の力をすっと抜いた。当然にKのほうにより多くの重さがかかるべきだと思っていた。袋は、親の手をしっかりと握る子どものように、KとSの間にぶら下がっていた。

市外バスターミナルは高速バスターミナルとそう離れてはいない場所にあった。それはなお悪いことだった。ある程度距離があるならタクシーに乗ればすむのだが、距離が近い。しかたなく袋を持って市外バスターミナルまで歩いていく。袋が重くなってきた、もうおろしたいと思った頃に市外バスターミナルに着いた。

彼らは袋を持ったままバスに乗った。

それは何ですか？

袋です。

だから、何の袋ですか？　こぼれたら困りますから。

米です。

Sが答えた。

破れないよう気をつけてください。

バスの運転士は袋を触ったり、押したりはしなかった。ホッとした。二人は座席の横の通路に袋を注意深くおろした。通路を挟んで同じ並びの座席に座っているおばさんが、においをかぐようにして鼻をひくひくとさせた。KとSは目をつぶって寝たふりをした。

目をつぶりはしたものの、コーヒーを飲んだせいか、眠れない。彼らは薄目をあけて週間業務報告をするかのように先週の業務について話した。Kは、先週、前月より三パーセント安の原価で信用状を開設した。原価引き下げについては十分に意見をやりとりしたのだけれど、上司は好ましく思ってないようなんだ、と言った。

Sは輸入したマグネシウム総重量と信用状に表示された総重量の差が誤差の範囲を超えて困惑していた。取引先にクレームを入れるつもりで上司に報告した。上司は取引先との長きにわたる信義の関係を慮り、即刻クレームを入れるよりも信用状の内容の一部を修正するほうがいいと言った。時間を置いてから考えようとも言うのだった。

彼らは互いに、先週、業務の上で困ったことになっていたのを知った。同じ部署で勤務していながら知らずにいたのだった。思えば、出身学校以外に互いについて特に知っていることはない。彼らは同期入社だった。気楽な間柄と言えるが、実のところ、目には見えぬ競争に追い立てられていることの方が多い。それに拍車をかけるのは上司だ。Kはプロジェクトに参与すると言うが、君はどうするつもりだ？　とSに尋ねたかと思うと、今度は、Sが提案書を二通も出したのだが、君には何もアイデアがないのか？　とKを煽った。上司の話をうけて、気が進まないながらも、Sは腸がひきつる腹を押さえてKにならって業務と関連のないプロジェクトチームに入り、Kは脳みそから絞りだすようにして提案書を書いた。飛びぬけてうまくやろう、というようなことではない。他の者たちに遅れを取りたくはなかったのだ。

市外バスは、小さな町の、ある集落のすぐそばを走っている。窓の外を見ていたKが唐突に、ここは子どもの頃に住んでいた村と風景がよく似ていると言った。窓の外に目をやったSもまた似たような気分になった。

子どもの頃、おれが住んでいたところには製麺所があったんだ。

Kが言った。

中華料理屋ではなく？

Sが気のない声で言う。

麺を作って売る店だよ。麺を機械からにゅーっと押しだしたら、洗濯物を干すようにして高いところに懸けた棒に次々ざーっと掛けていくんだ。ゆらゆら乾いてゆく麺を、ぶちぶちちぎって、生のまま食べる。うまかったなぁ。友達と一緒にまるで白いシーツみたいに掛かっている麺の間をやたらと行ったり来たりしたんだよ。よく乾いた麺は中華料理屋の簾《すだれ》みたいにバラバラバラと音を立てて、左右に広がって、ぱちんと折れる。地面に白く麺が折れ重なっていると製麺所のおじさんに怒られるから、土で覆い隠したりさ。まだすっかり乾ききっていない小麦粉のにおいを今でもありありと思い出すよ。

今も麺が好きなのか？

今はあまり食べないね。子どもの頃のあの味じゃないからなぁ。

おれが住んでいたとこにはかすみ草畑があったんだが。

かすみ草？

そう、かすみ草。

あれがかすみ草だってことは、実は大人になってから知ったんだ。子どもの頃は雑草だと思っていたから。花だとは思いもよらなかったけど、畑に白く咲いているかすみ草を見ると、雲の上に浮かんでいるみたいで気分がよかった。女の子たちがままごとをするときには、花を摘んで、ご飯ですよ、と言って渡してくれたり。

今もかすみ草が好きなの？

特に。かすみ草だからということではなく、そもそも花があまり好きではないんだ。

KとSは互いに、幼い頃に似たような雰囲気の都市のはずれの場所で育ったということを知った。高校から小学校までさかのぼって、関わりのある場所を確認した結果、二人が隣接した地域に暮らしたことは一度もなかった。それにもかかわらず、一緒に少年時代を過ごしたかのように重なり合う記憶が多かった。早い時期に都市に越していった友達もいたけれど、大人になるまで大部分の友達と同じ地域で暮らしていたということ、乾ききっていない麵をちぎって食べたり、かすみ草を摘んでままごとをしたりしたときのように友達とわいわいと群れて歩くようなことが、ある瞬間からぱたりとなくなったという点も同じだった。

＊

市外バスが黒い排ガスを吐き出して行ってしまうと、停留所には彼らだけが残った。バス停留所の表示板には初めて聞く村の名前が書かれていた。袋の到着地がB郡だとは思えない。きっと、そこからまた袋を持ってどこかに行かねばならぬにちがいない。

これから、おれら、どこに行かされるんだろう？

わからないよ。

次にすべきことをあらかじめ知らされないという点で、袋を運ぶ仕事は彼らのこれまでの仕事とよく似ていた。

今度は、バスがB郡に着く前に上司に到着したとメールを送っていた。上司からは返事は来ない。上司もまた指示待ちの立場だから、ある程度時間がかかることは彼らもわかっていた。彼らの上司に指示を出す上司もまた会議や決裁、取引先との約束といったことが多いはずだ。

市外バスが走る道沿いには、小さな商店や市外バスのチケット売り場、電機屋、菓子屋のような店がずらりと並んでいる。彼らは立ち並ぶ店を見まわし、チキン屋に入った。フライドチキンのにおいがむんと鼻をつく。客はひとりもいない。彼らは袋をテーブルの下に置いた。Sはチキンを食べようとした手をとめて、テーブルの下に身をかがめ、袋に鼻をあてると、脂のにおいがすると言った。Kには店のにおいと袋から出るにおいの区別はつかなかった。フライドチキンを食べてもまだ物足りず、大根の酢漬けを食べていた、そのとき上司からメールが入った。

市内バスに乗ってG町へ。

この調子でいくと、袋を持って地の果てまで行くことになりそうだぜ。

Kがぶつぶつと言う。

地の果てまで行くこともないだろう。だんだん行き先の範囲が絞られてきたじゃないか。市、郡、町の順番で。

Sの言葉に、なるほどたしかに、という表情でKがうなずいた。

古びた市内バスはやたらとガタガタ音を立てた。彼らは前後につづけて座って袋の両端をひとつずつ握った。そうしないと袋が倒れてしまいそうなのだ。田舎の年寄りたちで混み合うバスの中にはいくつもの袋があった。農産物や生活必需品の類や農機具のようなものを入れた袋だ。なかが見えないようにきつく閉めてあるのはKとSの袋だけだった。

彼らが降りた停留所の両側には畑が広がっていた。遠くに点々と人家が見える。停留所から少し離れたところに一本の大きなケヤキの木が立っていた。あの木のあるあそこが村の入口だろうと推測した。ケヤキの木の下には大きな縁台。何人かの老人が座っていたのだが、KとSに場所を譲った。木陰に風が吹き抜ける。汗が引いてゆく。

今度はSが上司に連絡を入れた。今までどおりすぐには返事がくるはずもないから、彼らは座っている老人たちの邪魔にならぬよう気を遣いつつ、縁台にごろりと横になった。縁台は会社のベランダのようだった。心が落ち着いた。会社で同僚たちと雑談したり煙草を吸える場所は、屋外の非常階段があるベランダだけなのだ。KとSが勤めている会社はいかにもセメントで始まった企業らしく、外壁をセメントで塗り固めた正方形の建物だった。非常事態があろうとは思われないほどに堅固に見える建物。煙草の灰を落とすような感じでトントンと、Kがつま先で袋を蹴った。袋が倒れそうになり、Kは体を起こして袋をつかんで引き寄せる。

中に何が入ってるんだろう?

別にどうでもいいよ。

Sの言葉にKは目をつぶりつつ自分も同感だと思った。だが、袋から漂いだすにおいには我慢がならない。時間がたつほどに袋のにおいはひどくなってゆくようだ。まわりのにおいをすぐに吸収してしまうようなものというのは、結局はそれ自体もひどいにおいを放つようになるのだ。うとうとしていると、上司からメールが入った。

今回は早目に来たね。

彼らは不満げにぶつぶつ言いながらも、袋をつかんだ。メールの指示どおりに、ケヤキの木の下からではよく見えない守護神像チャンスンのある家を探して立ち上がった。分かれ道にぶつかるたびに悩んだが、たいしたことではない。地理がよくわからないのだからしょうがない。果てしなくつづく黄土の道を行くあいだ、どこかで犬が吠え、たまに牛も啼いた。黒やぎ数匹が畑の真ん中にじっと立ったまま彼らを見た。ときおり鶏がバタバタと羽ばたいて驚かされた。よくわからない農作物のにおいと牛の糞のにおいが漂っていた。かげろうが目の前をくるくると飛びまわって煩わしい。蚊がつきまとってくる。血を吸われたところが痒《かゆ》い。

チャンスンのある家を探すうちに、だんだんと日が暮れてきた。いったい家などどこにあるのか？　と思いはじめたあたりで、ぽつん、ぽつんと人家が現われた。指示どおりに向かっているのか不安になったころに、上司が言ったチャンスンが出現した。チャンスンの後ろに古びた家が一軒。

ほとんどお化け屋敷じゃないか。と、Kは思った。割れた甕《かめ》と家具が庭に放置されている。玄関の扉ははずれてぶらさがったままだ。彼らは袋を持って家の中に入った。玄関の扉がぼろぼろなのにくらべて、部屋の中はきれいに片付けられている。蜘蛛の巣もなければ、壁紙がペラペラ剝がれてもいない。リノリュームの床もきちんと磨かれているほうだ。

ここに置けばいいんだよな？

置いてしまえば、おれらの仕事も終わりだな。

Kが袋の脇にぺたりと座りこんだ。Sも座りこむ。

ちょっと休んでいこう。

どっちみち今から戻るのは無理だ。

外はもうかなり暗くなっていた。人家があるところまで行くならば、何キロも夜道を歩かねばならない。

暗くてよかった。

Sが言った。Kがうなずく。暗くなかったなら、彼らは会社のある都市へと戻るために慣れない田舎の道を歩かねばならなかったかもしれない。

袋は闇よりももっと暗くKとSの間に横たわっている。どこからともなく、なにかがうっすら臭うのだが、袋からなのか、靴を脱いだ彼らの足のにおいなのか、わからない。

ずいぶん経ってからSが口を開いた。てっきり寝入っていると思っていたのに、Kが、うちの近所にお化け屋敷があったんだ。

近所でも、と小さな声で言った。

お化けが出るという噂で誰もその家には近づかなかったのだけど、いつだったか勇気を出して友達たちとみんなでワアーッと勢いこんで行ったんだ。おまえもそこにいたなら、きっと一緒に行ってたと思うよ、みんな行ったんだから。どうしてそういうことになったのかはよく覚えてないんだ、ほかの町内の子たちと賭けをしたんだったか、まあそんなとこだろう。その家に行く途中、誰かが石につまづいて転んで、転んだやつが泣くものだから、一緒になってべそをかくやつらも出てさ、もう怖気づいていたからね。泣きながらおれらはお化け屋敷まで行ったよ。まっさきにその家に入っていったのは誰だったか、わからない。おれではないよ。おれはほとんど端っこにいて、なんとかくっついていったようなもんだから、とにかくあの家に入ってみたところが、驚いたのなんの、真っ暗だったんだよ。ハッと気がついてみれば、おれが目をつぶっているんじゃないか。目を開けたら、少しずつ見えてきた、あの家には……、

Sが唾をごくりと飲み込んだ。

*

時計があった。掛時計だ。どの家にもありそうな壁掛時計だよ。おれんちの床にも置いてある、ごくごくありふれた時計。壊れた時計が一個、床にころがってたんだ。

で？

それだけだよ。

つまんねぇ。

怖い話はまた別にある。

だろ。

その日の朝は大雨だったんだ、いったい雨がどうしてこんなに降るんだか、屋根の溝を伝って落ちてくる雨水が庭の土を抉《えぐ》っていたのを今でも覚えているよ、歩道の敷石はまともなのがほぼなくて、ほとんどが欠けたり、欠けそうだったりで、欠けてひびがはいって傾いている敷石ごとに、朝の雨のせいで浅い水たまりがあったわけだ、おれらはものすごく静かに歩いていた、お化けが目を覚まさないよう、そろそろと歩いていったんだけど、どんなにそーっと歩いても、歩道の敷石ががたがたして泥水を跳ねあげるんだ、おれの前をゆくやつが跳ねあげたり、おれが跳ねあげたり、おれのうしろから来るやつが跳ねあげたりしてさ、おれは汚れるのがいやで、泥水が跳ねるたびにふくらはぎを手でこすって拭っていた、泥水がついた手は、しかたないからズボンや上着で拭いてさ、そうこうするうちにだんだんとおれが汚れていくんだよ。

子どもの頃に着てた服はたいがい汚なかったな。

汚ないさ。でも、もともとはきれいだったはずだろ。

何が怖いんだよ。

歩道の敷石、おれはそれが怖かった。おれが汚すまいとするほどに汚してくるんだ。

でもさ、こんな深夜に袋を取りに誰かが来るんだろうか?

どんな仕事だって、夜勤や当直の人間がいるもんだろ。

もし来なかったら、とSが言う、袋を開けてみよう。

Kが無言で袋をじっと見つめた。袋の中で掛時計の音がしているかのように。

どこかで犬が吠えるたびに、通り過ぎる車のライトが光るたびに、彼らはパッと跳び起きた。犬の吠え声はすぐにやんで、車のライトもたちまち消えた。慣れてくると、虫の声すら聞こえなくなってきた。しばらくすると、ぱらぱらっと雨が落ちてくる音が聞こえた。Sは雨の音を聞くうちに、すとんと眠りに落ちた。夢の中でも雨音がした。重い足音を聞いたような気もした。足音は寝入ったSとKのまわりをぐるぐるとまわり、やがて遠ざかっていった。Sは帰りのバスを逃がして地団太踏む自分の足音だろうと思っている。次のバスに乗ればすむことなのに、どうしたことかSは地団太踏むことをやめない。

目を覚ましたら、いつのまにか夜が明けていた。Kはまだ寝ている。SはKを揺すって起こした。袋がなかった。彼らはぷっくり腫れた目をして外に出た。夜どおし雨が降っていたから足元はぬかるんでいる。チャンスンが目を剥いて彼らを見ていた。庭にも袋はない。夜勤か当直の者がやって来たようだ。

これまでにこんな仕事をしたことがあるか?

袋関係の仕事は初めてだよ。おまえも知ってのとおり、いつも鉄ニッケル合金やマグネシウム関係の仕事ばかりをしてきたじゃないか。

おれもだ、はじめてだよ。

はじめてだけど、そんな気がしないね。

そうなんだよ、なぜか馴染んでいる。一度でもやれば、うまくこなせそうな仕事だし。

最初はよりによって袋を運ぶ仕事かよ、って思ったよ。でも、むしろ、袋を運ぶ仕事でよかった。面倒で気を遣う仕事だったら、うまくいかなかったんじゃないか。そんな仕事は鉄ニッケルやマグネシウムだけでたくさんだ。

そのとおり、そう悪くはなかったね。

今度の仕事はもう終わったんだよな？

そうさ。

そうだろうか？

妙なことに終わった気がしないんだよな。

いつまたこんな仕事が入ってくるかもしれないし。

上司に報告もしなくちゃ。

二人はバス停留所までかなりの時間を歩いた。ぬかるんだ道をゆくから靴とズボンが汚れた。SがKに泥を跳ねあげ、KがSに泥を跳ねあげた。

ケヤキの木の下には昨日と同じように何人かの老人たちがいた。相も変わらず木陰には風が吹き、ときおりボタンを掛けていない老人たちの上衣がひらひらはためいた。木の下で一時間に一本だけのバスが来るのを待った。袋がないだけで、すべてが昨日と同じだ。

厳密に言うならば、同じだとは言えなかった。すべてが昨日とは違っていた。彼らは袋を持たずに市内バスに乗った。市外バスを待つ間、フライドチキンではなく温麵を食べた。Kはやはり幼い頃のあの味じゃないとぶつぶつ言った。温麵を食べて靴とズボンについた泥水の跳ね跡を水で湿らせたティッシュで拭った。膝まで泥が跳ねていた。ある程度までは拭き取ったけれども、水染みが残った。市外バスの中では話すこともなく黙って寝ていた。高速バスターミナルに到着すると、近くの食堂に入って牛肉のクッパを食べた。食べ物が不味くて評判の都市であるうえに、ターミナルの近くならば、その都市でいちばん不味い食堂ばかりのはずだろうに、意外にもクッパは旨かった。

クッパを食べると、彼らは会社の所在地の都市の名を告げて高速バスチケットを二枚購入した。いざ高速バスに乗ろうとしたとき、Kが不意にポケットからなにかを取りだした。観光バス乗車券だ。彼らは引き返して観光バス乗降所を探した。ターミナルと反対側に観光バスの一群が待機している。そのうち一台がちょうど出発しようとしているのか、ブルブル音を立てている。彼らはバスめがけて走った。運転士はすぐにドアを開けてくれた。お願いですよ、時間に遅れないようにしてくださいい、と運転士が一言。彼らはチケットを差し出し、運転士の真後ろの席に座った。

運転士の背中が袋のように柔らかく、同時に堅そうにも見える。袋、と言いかけてKは口をつぐんだ。Sも運転士の背中を眺めていた。Sもなにか言いかけて口をつぐんだ。

バスがスピードをあげはじめると、運転手は同じリズムが延々と反復される歌を流した。後ろのほうに座っている人たちの何人かが大きな声で歌に合わせてうたいはじめた。踊らないでくださいい、という運転士の言葉に誰かが、踊らなくても遊べるさ、と答えた。

このバスはどこに行くんだ?

Kが尋ねた。

観光地に行くんだろ。

バスのなかを見まわしてSが答えた。

観光バスは専用レーンに入ると、少しスピードをあげた。KとSも乗客たちと一緒になってフンフンフンと歌いはじめる。なんだかきまり悪くなって、すぐにやめた。

なにか記念品を買って帰ろうか？

Kが無言のままうなずいた。

彼らは並んで運転席の窓を眺めやった。高速道路はどこまでもつづいていた。

ウサギの墓

ウサギだった。かさかさっと音がして、ふっと草むらを振り返ると、白い毛のかたまりらしきものが目に飛び込んだ。犬だろう、と思ったそれは赤い目を見開いて、彼をじっと見つめた。目が合わなかったらウサギだとはわからなかっただろう。彼はウサギの前にしゃがみこんだ。赤い目が彼の心をとらえた。その目を見るなり、ああ、自分だけではないんだと、もともと目の赤い品種のウサギがいることに思いも至らず、あんなにも目が赤くなるほど疲れきった存在がこの世にいるのだと、安堵感が湧きおこってきた。そんな存在が、白い毛はゴミのように薄汚れて、暗い公園に捨てられている。苦々しいことだった。

公園に生息しているはずのないウサギは捨てられたものなのだ。都市の子どもたちの間でウサギ飼育が旋風のような人気を巻き起こした時期があり、今は親たちがウサギ遺棄を秘密裡に敢行している時期だった。ウサギ飼育ブームがどこから始まったのか、世の例にもれず、突きとめるのは容易ではないが、いつも健康で活力ある姿を見せている初老の医学博士の言葉がきっかけになったのは確かだ。博士は成長しても体がそう大きくならない品種のウサギを飼っているのだが、自分の菜食の習慣はどうやらウサギの影響のようだと語った。アニメーションの中の目の細いとんでもない性格のウサギは機転も利いて、愛らしく見えた。自殺するウサギの絵本は全編ウィットに満ちていた。絵本の中のウサギはつらくて疲れ切っているというよりは、退屈をもてあまして遊び感覚で自殺を試みているようだった。

犬や猫は言うまでもなく、子どもたちは、すぐ死ぬヒヨコや恐るべき繁殖力のハムスターにも飽き飽きしていた。学校の前の露店商たちのやりくちも相変わらずで、かつては機械で孵化したヒヨコを売ったように、今度は実のところは乳離れもできていない子ウサギをミニウサギと称して紙の箱に入れて売った。親たちの憂慮にもかかわらず、愛玩動物としてのウサギは餌さえやっていれば、手をかけずとも大きくなるのが特徴であって、育てる面倒がないという。しかも著名な教授によれば、ウサギにすら学ぶべきものがあるというではないか。親たちは憂慮を振り払ってウサギを飼うことを許した。一、二軒で飼いはじめると、子どもたちはもう臆することなくウサギを買ってとせがみ、親たちはことさらに許さない口実をひねりだせなかった。ウサギの餌になる乾燥アルファルファを販売するある業者の調査によれば、ウサギを愛玩動物として飼う戸数が例年に比べ八倍近く増加したという。

勢いこんで飼ってはみたものの、それはどんな動物でも同じことだろうが、たやすくもなければ面白くも手軽でもなかった。ウサギから菜食主義者としての模範的な姿を見いだすことはできなかった。ウサギは他の愛玩動物のように決まった量の固いペットフードか干草しか食べない。固形の餌だけを食べるという点では手軽だが、ニンジンをかじって食べるような姿を見る面白味はない。いったいペットフードや干草しか食べないウサギのどこを見て菜食の習慣を学んだというのか、愕然とする。少し大きくなれば、野菜や果物を食べさせてもよいというけれど、水気がついたまま与えると死ぬこともあるというから、むやみに与えるのも怖い。

ウサギはただもう食性が面倒で、高いペットフードを食らって、養育になにかと金のかかる居候にすぎなかった。犬や猫のような親しみの湧く愛情表現をすることがないので、愛玩動物とか伴侶動物とか呼ぶのもどうかと思われた。ペットフードや養育にかかる費用を考えると、むしろ牛や豚のような扱いが妥当なのだが、煮炊きして食べるのも憚られるという点では牛や豚にも劣る。餌を与えるにも神経を遣う、まかり間違えばすぐに下痢をする、下痢をすれば耐えがたい臭いの排泄物を出す、くしゃみを誘う毛を飛ばす、じっと見つめる目が恐ろしい、仔を産ませるつもりはないけれど、生まれてしまったときに覗き込んだりすれば仔を噛み殺してしまうなどという話まで聞いた。どうしたことか、このウサギどもは絵本のウサギのように自殺もしないというのか。

いずれにせよ、子どもたちはたちまち嫌気がさし、親たちも寿命六年から八年ほどのウサギを家族の一員として受けいれたくはなかった。ギネスブックに記録されている最長寿ウサギの寿命は十八年。短くて六年、長くて十八年となれば、ウサギを買ってとせがんだ子供が高校を卒業して大学に行くか、結婚して家庭を持つような年頃になるだろう。景気はつねに不安含みだ。いつなんどき家族すらも放り出したくなるような不景気に襲われるかわからない。唯一の労働のごとくにペットフードや干草を長い歯で噛みくだくウサギを六年も、もしくはそれ以上飼うことなどできない。

だからといって、ウサギを飼うことが全く何の役に立たないわけでもなかった。あんなふうに無表情に誰かをじっと見つめつづければ、ついには憎まれてしまうということをウサギは教えた。両親のうちのどちらかが、主に父親がその役を引き受けたのであるが、散歩に出かけるようなそぶりで暗い夜にウサギを抱いて外に出て、公園の草むらに解き放つ。ウサギがどこかに行ってしまえば、あるいはまだどこにも行かないのに、さっさと家に帰ってくる。一度くらいは後ろを振り返って、ウサギを放り捨てたのではなく見失ったのだということにして良心の呵責を免れようとするのだが、その瞬間でさえ歩く速さは変わらない。捨てられたからといって、悪いことばかりのはずがない。公園は都市においては唯一の野生の空間だ。ウサギたちはちゃんと食べられる草を見つけるだろう、ふかふかした場所を探して寝ることだろう、ちゃんと病気になり、そうして徐々に死んでいくだろう。ハトやカラス、ネズミやアリ、ブヨのような公園のまわりで生息する生き物のように、あるいは、捨てられたほかの動物たちのように。家に帰りつくまでの間、しばしうらさびしい心持ちにもなるが、家に着いてケージが空っぽなのを確かめると、あたかもウサギが戻っているんじゃないかと怯えていたかのように安堵のため息を吐く、ついさっきまで抱いていたウサギの毛がついた手で胸を撫でおろす。

彼は白い毛のウサギを撫でた。柔らかな毛に触れた。脈を打つように静かに動く背中に触れた。ウサギはそんな手つきには慣れているとばかりに、じっとしている。彼はウサギに、正確に言うならば、背中の柔らかな皮膚の下から伝わってくる毛細血管の動きと呼吸の緩やかなリズムに心惹かれた。家に帰って慌ててケージを注文したところで我にかえった。公園に捨てられていたウサギを抱いて帰るようなことはするべきではなかった。結局捨てることになるのだ。彼はほんの六か月だけこの都市に暮らす予定なのであって、その時間の一部はもう流れ去っている。所定の派遣勤務が終われば、前に住んでいた都市に戻らねばならない。そのときには彼もまた、この都市の人々がしたように、闇に紛れてこっそりとウサギを放り捨てるのだろう。

＊

仕事は簡単だった。彼が派遣前にいた都市から来た文書を整理して、その都市と関連のある情報を検索し、簡潔な形態の書類にして、担当者に渡せばよかった。書類を作成するときには、彼は自分が職員室に残されて反省文を書いている学生のようだと思った。日々同じことの繰り返し、資料を検索して、書類を作成して、まるで心にもない定型の言葉で紙を埋めて謝罪しているかのような気分になる。

彼が反省文を書くようにして作成した書類を、担当者はきまって笑顔でありがとうと言いながら受け取る。彼は、担当者が気分や書類の状態には関係なく、いつでも判で押したように笑って話すのを見ながら、それすらも定まった業務マニュアルの一部ではないかと思った。担当者は彼がくるりと背を向けると、机の右側にうずたかく積まれた書類の山の上に、いま受け取ったばかりの書類をポンと置く。それゆえ彼は担当者が自分の業務内容をあまりよく思っていないのだろうと考えた。自分が提出した資料のミスのせいで二都市間の経済的、外交的、文化的契約関係に深刻な問題が生じるのではないかと心配するあまり、夜も寝られぬこともあった。誤って引用した統計値のために協約が破棄されて、二都市のトップが歪んだ顔で彼を睨《にら》みつける夢を見ることもあった。だが、何も起こりはしなかった。平和裡に日々が過ぎた。相も変わらず彼はインターネットやファックスで資料を集め、書類を作成し、担当者に提出している。いつだったか、わざと統計値の合計がめちゃくちゃな書類を作成して担当者に提出したことがあった。担当者はいつものように書類の山の上にポンと置いた。彼はびくびくしながら席に戻り、担当者が誤りを発見したならばすぐにも差し出すつもりで、正しい書類を決裁書類用ホルダーに挟んでおいた。担当者はついに彼のミスを指摘しなかった。時が過ぎても、二都市間の協定や契約に致命的問題が起きることもなかった。そうなると彼は心が軽くなり、悪い夢も見なくなった。いまでは書類が放り投げられる音を退勤してもよろしいという意味に解して、席に戻ってから退勤するまでばさばさと資料をひっくり返したり、机を整理したり、そうして時間をつぶした。

万一、誰かが、あなたはどんな仕事をしているのかと尋ねたなら、結局のところ派遣勤務が終わるまで誰からもそんな質問はされなかったのだが、彼は「大きく言えば、君が二つの都市を結ぶ架け橋の役割をするわけだ」と言った先輩の言葉を胸に、長きにわたり反目関係にある二つの都市の協調と統合のために働いています、と答えるつもりだった。先輩は電話で、君はさまざまな目的で使用される情報を収集する仕事をすることになるのだ、とだけ伝えた。いったいどんな情報を集めればいいのですか？　彼は先輩に尋ねた。尋ねてから気がついた。先輩はこういう質問の仕方をあまり好まない。このような情報を集めてみました。これらの情報はある面では有用ですが、まったく無用でもあります、このようなやり方で仕事を進めてもよいですか？　先輩にはこういうふうに尋ねなければならない。それは入社したての頃から先輩に教えられてきた仕事の方法だった。まだ何もしないうちから、どうやってやるのかと尋ねれば、先輩はきっとこう言う。言うときの先輩の顔が目に浮かぶ。まるで三歳児の言い草だな、まんまをもっとちょうだいとおねだりか。彼はたちまち後悔した。どんな情報でもいいんだ。意外にも先輩は穏やかな口ぶりで答えた。情報を選択して有用性を決定するのは君ではなく、別の担当者の仕事だから、君はただ収集だけすればいい、いわば、と先輩が言い添える、一種の猟犬だと思えばいい。いったいぜんたい自分を犬と思えだなんて、わけがわからなかったが、彼は黙っていた。指示された獲物をただ捕まえてくればいいんだ、何を捕まえるのかも、捕まえたものを煮るも焼くも捨てるも剝製にするも、決めるのは森を駆ける猟犬ではなく、指示を出して動かずに見物している御主人様なんだ、だから犬は捕まえるまでは死に物狂いで草原をただ駆けまわればいい。なんというか、気持ちのいいたとえではないですね。彼が先輩に言う。ハハハ、そうだろうなぁ、すまないね、実際、君以前に僕自身がそんな気分なんだよ。先輩がきまり悪そうに謝る。彼は理解した。そのたとえのとおりならば、先輩もまた自分同様、猟犬の主人ではないのだ。

期間が長かったなら躊躇しただろうが、ほんの六か月だ。彼は先輩に派遣勤務を引き受けると返事をした。先輩がどこか気の進まぬ声でゆっくりと、そうしてくれるならありがたいと言った。のちのちわかったことだが、彼が決める前にすでに異動の辞令は出ていた。人事に関して事前にまったく話がなかったということは、組織内での彼の立場を物語るものでもあった。つまり、彼は通知一本で事足りる存在だった。彼が今回の辞令をとおして悟ったことがあるとすれば、まさにそのことだった。

都市について得られる情報には制限があり、向こうから連絡があることもまずないから、彼は机に向かっていくつかの書類をできるだけゆっくりと検討することでほとんどの時間を過ごした。時間はいくらでもある。仕事は特にない。できるだけ時間をかけて、業務量が少ないことを知られぬよう、オフィスや廊下を行き来する時は足を速めた。わざと間違えるのでもないかぎり、そもそも間違いようのない仕事でもあるのだが、ミスをすることはなく、それゆえ誤った内容を修正するために時間を費やすということもない。提出した書類の誤りを担当者が指摘したり、補ってほしいと言ってくれれば、むしろ仕事が増えたことを喜び、快く承知するつもりなのだが、そんなことは一度も起こりはしなかった。彼が提出した書類について、担当者は、特にこの点がよくできているとか、何か補うべき点があるとか、誤字が多いとか、内容的な間違いがあるとか、そういった指摘をただの一度もしなかった。だからといって彼が担当者に不満を持っているわけでもない。むしろ好ましく思っている。職場で言葉を交わす唯一の相手が担当者であるからだ。たとえ書類を手渡しながら交わす形式的な挨拶がすべてであるとしても。

彼は一日中ほとんどしゃべらない。ときおり会う建物の管理人に挨拶する以外は、担当者に書類を差し出して、今日はこのくらいです、と言うのがすべてだった。思うに、自分以外は、職場の同僚たちは誰もがひどく忙しく、昼食時間でなければあまり動きもしない。彼らはきちんと整頓された机の前に座り、まるで面白い映画を観ているかのようにモニターをじっと覗き込んでいるか、居眠りしているみたいに下を向いて机の上に積まれた書類を見ていた。昼食時間とはいっても、ぞろぞろと出てきて、今日は何を食べようかとにぎやかに言い合って、同じものを食べたい者同士がまとまることもない。建物の前にずらりと並ぶ移動販売の弁当屋で各自好みの弁当を買っては、自席に戻って静かに食べる。ときおり彼は担当者に書類を提出するために立ち上がると、わざわざ他の用務があるようなそぶりで広場のように広いオフィスを端から端まで横断した。オフィスは巨大な蜂の巣のように、小部屋に分かれていた。部屋は地域・都市別になっている。すべての席に区域表示の記号と座席番号が目につくところに貼られている。出入口のところには案内文が掲示されていた。まるで公演場の座席案内のように、大きく。

ウサギを連れ帰った次の日、彼は担当者に書類を渡そうと差し出したが、担当者が受け取ろうとするや、背中のうしろに隠した。担当者の顔から笑みが消え、彼をじっと見る。こういう冗談は好きではないようだった。彼は戸惑い、ためらいつつも、話しかけた。職員のなかにウサギを飼っている方はいらっしゃいますか？　担当者が聞きかえした。ウサギですか？　どなたか飼ったことのある方がいらっしゃるなら。彼がうしろに隠した書類を担当者に差し出しながら言う。ちょっとお力を貸していただきたいんです、ウサギが一匹うちにきたんです、派遣されてきてまだ間もないからなのかもしれませんが、周囲の方々となかなか親しくなれずにいるものですから。担当者が彼から資料を受け取り、机の右側の書類の山の上にポンと置きながら言った。ウサギは誰でも簡単に飼える動物でしょう、特別な助けが必要でしょうか？　それにここにいる者たちのほとんどは派遣なんですよ、派遣なんて別に特別なことではないですから。そうなんですか？誰がですか？　誰がそうなんですか？　彼が勢いこんで尋ねた。担当者は答えたくもないというように、あからさまに机のほうに向きなおろうとしている。その前に何か答えを聞きたいのだ。何が「そうなんですか」なんです？　ウサギを飼っているのは誰か、ということですか？　それとも、派遣の職員は誰か、ということですか？　彼はうれしかった。担当者が彼の思いを察してくれたようだった。どちらもです、私が知りたいのはまさにそれです、誰がウサギを飼っているのか、派遣の職員は誰なのか、ということです。誰なのかはわかりかねます、さきほども言ったとおり、ウサギは誰でも飼える動物ですし、それに時期が違うだけで私たちはみな派遣での勤務中と言えますから。その言葉を最後に担当者は口を閉じて、もうこれ以上彼の相手はしたくないという様子でうつむきかげんに机に向きなおった。彼はつむじが右側に寄っている担当者の黒い頭をぼんやりと見て、そして席に戻った。それでも、担当者の言葉に、職場の同僚のうちウサギを飼っている者は多いのだろうと思った。ひょっとすれば、同じ職場の同僚のなかにウサギを捨てた者がいるかもしれないとも思った。担当者の言うように、みんなが派遣であるならば、いまオフィスにいる、あるいはかつていた者たちの誰であれ、ウサギを捨てることもあろう。彼もまた派遣期間を終えて戻るときには容赦なくウサギを捨てるのであろうから。

＊

コンコン、彼がドアをノックした。いらっしゃいますか？　返事はない。今度はドアをドンドン叩いてから、いらっしゃるんでしょう？　と呼びかけたが、やはり返事はない。彼はドアを背に座り込んだ。地べたは冷たくて、背中は硬くて、すぐに立ち上がる。座っていたところで、ドアの向こうに人の気配はなく、先輩は現われないということはよくわかっていた。それでも彼は毎日先輩の家に行き、先輩の家のドアを叩き、何の返事もないことを確認して戻ってきた。ときには先輩の家の玄関を足でポンと蹴り、手でドンドンと叩き、なかにいるのはもうわかっているのだからドアを開けろと、いたずらに声をあげたりもした。ときには鼻をドアにあてて臭いを嗅いでみたりもした。そうたやすく死ぬものではないとわかってはいるが、思うほど難しいことではないということもわかっている。先輩の家からは何も臭いはしなかった。幸いであったのか、それを幸いと思っている自分の心が幸いではないのか、わからなかった。

先輩は彼が都市に来た直後に、確かではないがその頃だと思われる時期に、消えてしまった。

彼は人事担当者を訪ねて先輩の名を告げ、どこに行けば先輩に会えるのかを尋ねた。担当者は、先輩が誰なのか、しばらく考え込んだ。名簿がぎっしりと差し込まれている書類をずいぶんとひっくり返して、ようやくのことで先輩が無断欠勤中だと教えてくれた。無断欠勤ですか？　彼が問い返す。担当者はこともなげにうなずいた。一緒に仕事をしていた頃の先輩を思えば、それはそう長い間のことでもなかったけれども、無断欠勤などするような人ではない。先輩はなによりも勤務態度において誠実で、業務時間を効率的かつ高密度で使う人だった。職場においてはどんな形であれ、先輩が彼のお手本であったのは間違いない。業務を処理する方法を教えてくれたのは先輩だった。情報がいかに流れるのか、つまり、誰かにとって損になる話ならばすぐさま広げるべきであり、他の者に得になる話は自分の胸にしまっておくのがよいということを教えてくれたのも先輩だった。彼が新入社員だった頃、指示を受けた書類を作成して渡すと、先輩はいつでもその場でざっと読んで、うむ、よくできている、けれども、この部分は補わなくちゃな、と言いながら書類を差し戻した。先輩は知らなかったが、いや知ってて知らんぷりしていたのかもしれないが、後輩たちがつけたあだなは「ケレドモ」だった。先輩から書類が戻ってきたからといって、すぐさま修正にとりかかれるわけではない。新入社員の常であちこちから呼びつけられ、至急で雑多で手のかかる仕事に時間を取られる、だから一度提出した書類を直すことに力を注ぐ時間などないのだ。しかたなく羅列した情報の順序を入れ替え、書式の行間を広げ、分量を多少水増しした状態でもう一度提出する、すると先輩は、少し遅かったけれども、直したら良くなったと褒めてくれるのだった。

彼は自分に派遣の勧誘をした先輩の連絡先と所在がわからないという事実に戸惑った。人事課に何度か電話し、不在の人事担当者を訪ね、メモを残したが、何も言ってこない。何度か無駄足を運んでようやく会った人事担当者は、個人情報なので教えることはできないと頑として言い張る。担当者を拝みたおして聞きだした先輩の住所は、彼の宿舎からそう遠くはない所だった。彼は退勤後に先輩の家に寄ってドアをノックし、先輩の名前をひとしきり声に出して呼んだ。昨日と同様、なんら気配のないことを確認すると、自分が派遣されてきた途端に消えた先輩に対して心さびしさを感じつつ、家に帰った。

家に帰るとまずウサギにペットフードをやった。それ以外にウサギのためにすること、たとえばケージから出して家の中を心ゆくまで動きまわらせるとか、毛並の手入れをしてやるとか、ケージをきれいに掃除してやるとか、胸に抱いて撫でてやるとか、そういうことは一切していないというのに、彼はウサギが面倒になった。ままよとばかりに一気にペットフードを注ぎ込み、どれだけでも食べろと放っておき、かと思えばペットフードをやるのを忘れて何日も空腹状態にした。実際、彼がウサギを連れ帰ったのは、ただただ派遣勤務中だからだった。万一この都市でいつまでも過ごさねばならないのならば、彼は絶対に捨てウサギなど拾って帰りはしなかっただろう。長くてもほんの数か月だけ、ウサギの責任を取ればよいのだ。いつまでも世話をする必要もなければ、それゆえウサギの情緒や健康に気を遣う必要もない。ウサギはどうせ捨てられてしまうのだから。

いったん家に帰ってしまえば、もう外には出ない。都市での彼の生活は、出勤する、退勤時間が来ると無断欠勤中の先輩の家に行く、きまりごとのようにドアをノックして、何の気配もないが幸いなことに妙な臭いもしないことを確かめる、そして帰り道にスーパーに立ち寄って簡単な食べ物を買ってくる、それがすべてだった。夕食後に家の近所の公園に、つまりウサギを拾った公園に、ときおり散歩に出ることもあった。が、それも、ある晩にニュースを見てからやめてしまった。

彼が派遣されてきた直後に、都市では、のどかな休日の午後を楽しんでいた市民にひとりの男が無差別にナイフを振りまわし、死傷者が出る事件が起きていた。早朝サッカー会の名前が大きく書かれたトレーニングウェアを着た男だった。三名が死亡、九名が負傷した。各地域の早朝サッカー会の人びとは、とばっちりで言われのない非難を浴びた。暫定的に毎朝のサッカーの集まりを中断した、ユニフォームについていた文字を取り、ひそかに名前を変えた、朝でも昼でも夜でもいつでも、可能な時を選んでサッカーを再開した。なぜそんなことが起きたのか、嘆いて、分析して、対処するよりも前に、また別の無差別殺人を予告する動画テープが放送局に届いた。ニュースでは一日じゅうその動画を流した。インターネットをとおして動画はあっという間に広がった。彼もほとんど一日じゅうそれを見ていた。誰も言いはしないが、職場の多くの同僚たちも見ているだろうと思われた。男がひとり、顔を覆面で隠して目と口だけを出し、上半身は裸で、ナイフを手にして撮影した動画だった。わめきながら息をするようにやたらと振りまわすナイフは刃が見えぬようボカシが入っていた。専門家たちは音声分析によって三、四十代の独身男性ではないかと推測した。男について明らかになったことは、その程度の誰にでもわかりそうな情報だけだった。固定して撮影した動画はブレもなく、よく映っていたが、ときおり上半身裸でナイフを振りまわしている男が煙草を吸うために、あるいはトイレに行くために立つと、無人の部屋がそのまま映し出された。彼はその部屋を見て、なんだか見覚えのあるような気がした。家具の形や色、配置、そしてただ白いばかりの特徴のない壁紙も。それは彼が住んでいる宿舎の家具や壁紙と完全に同じだった。心臓が激しく脈打ちはじめた。宿舎は二十八階建てのビルだ。各階に二十五戸の部屋がある。隣に誰が住んでいるのかはわからない。先輩が紹介してくれた部屋だった。ひょっとすれば、同僚たちのなかには彼のほかにもここに暮らす者がいるかもしれない。

動画はニュースで全国的に放送されたが、何日経っても何も起こらなかった。テレビに出た専門家は自己顕示欲の強い者の犯行だろうと分析し、このようなことが繰り返し起こる状況を嘆いたが、誰にでもできる分析と嘆きだった。動画の中の男がまだ犯罪を実行するに至っていないので、警察は潜在的犯人を捕まえるために特に努力をするわけでもない。予告なしにどこでもそういうことは起こりうるからと、市民にただ注意を喚起するのみだった。

彼は宿舎の隣人たちが怖くなった。彼らのうちの誰かが上半身裸で、包丁を手に、動画を撮影しているのかもしれないのだ。彼は隣人たちと会うことのないよう、よそのドアの音が聞こえれば、家のドアを開けず、魚眼レンズからしきりに外をうかがった。ときおりエレベーターの止まる音がしたのに、廊下を歩く者の姿が見えないことがあった。怖かった。三、四十代と推定される男が包丁を手にして廊下に潜んで、誰かがドアを開けて出てくるのを待っているかもしれない。宿舎の正門に入ろうとしたときに誰かが近づいてくれば、おののいていきなり引き返す。彼が突然に踵を返すものだから、あとから来た者のほうがもっと驚いて身をすくめた。見知らぬ人と二人きりにならぬよう、エレベーターに乗っているときも、誰かが玄関に入ってくると慌ててボタンを押して扉を閉めた。ある日、彼が玄関に入ってくると、エレベーターに乗っていた誰かが急いでボタンを押して、扉を閉めて、行ってしまった。それを見てからは警戒心を解いた。彼もまた隣人たちにとっては得体の知れぬ隣人に過ぎなかったのだ。彼の恐怖は、ほかの誰かの恐怖と変わるところはなかったのだ。彼は、すべてはこの都市にまだなじんでいないからだと思った。時が過ぎれば平気になるだろうし、慣れるころには派遣勤務期間も終わるだろう。

彼ははじめて誰かとたまらなく話したくなった。動画の中の男について、彼の宿舎とよく似た男の部屋について。こんな気持ちになったのは久しぶりだった。いつの間にか言葉もなく過ごすことに慣れてしまっていた。都市に来てからというもの、彼が発した一番長い言葉は、担当者との会話を除けば、商店主に価格のラベルがついていない白米の価格を尋ねたときのものだ。実のところ、彼は、自分がずっと誰とも会話をしていないことを意識すらしていなかった。なのに、不意に動画の中の男への恐怖にとらわれ、無差別に振りまわす刃物の被害者に自分がなるかもしれない、誰にも発見されぬまま狭い部屋で腐ってゆくのかもしれない、そう思った瞬間、この都市の誰とも親交がないことに気づいた。誰かにこのことを話したくなったが、話し相手といえば、消えた先輩しかいない。困惑した。あるとき、ついに耐えきれずに担当者に動画を見たかと尋ねたのだが、担当者は取るに足らぬことのように、この都市ではそんなことはあまりにもありふれている、とだけ答えた。彼は声を低めて言った。動画に出てくる部屋なんですがね、私が住んでいるところと全く同じなんです。彼の言葉に、机に向かって仕事に没頭していた担当者がゆっくりと顔をあげた。このように申し上げて慰めになるのかどうかわかりませんが、私の住んでいるところも同じように見えますよ、というのもこの都市の単身者用の部屋はほとんど同じ造りなんですから。彼は担当者の言葉に確かな慰めを得た。なのに、気分はよくならない。

彼の神経症的な恐怖も取り越し苦労に終わり、動画の波紋が吹きすぎたあとの都市は以前よりも静まりかえって、往来の人影もまばらになるばかり、もう何も起こらなかった。夜になれば、ときおり救急車がけたたましい音を立てて走ってゆくが、事件というよりは急患のためだった。サイレンの音が騒がしいこともあったが、それもまた事件ではなく、いつものパトロールなのだ。

＊

もう退勤という時間になって担当者が替わっていることを知った。彼はその日も都市から送られてくるそう多くはない情報を時間をかけて整理し、整理したものを文書にして担当者に提出しに行った。担当者の席にはいつもの人ではなく別の人が座っていた。担当者はどちらに行かれたんでしょうか？　担当者の席に座っている人に尋ねた。これからはこの業務は私が担当します。担当者席の男が答えた。事務的で経済的な口調ではあったが、顔には微笑を浮かべている。前任者と声の感じは違うけれども、似たような話し方だ。彼はようやくのことで前任者もまた一種の派遣勤務者だったのだと気づいた。担当者が替わったからといって何も変わりはしないということも知った。前任者と仕事をするときと同様、午後になると情報整理した書類を提出する、担当者は微笑みながら書類を受け取ると、見もしないで机のはじの書類の山の上にポンと置く、そしてそれまでしていた仕事をそのままつづける、この反復されてきた行動を退勤時間が迫っていることを知らせる合図と考えている彼が、自席に戻って退勤準備をすることまで、すべてが同じだった。

変わったところがあるとすれば、前よりもオフィスを見まわす回数が増えたことだ。同僚たちは基本的に白いワイシャツに黒のジャケット姿だった。ジャケットを着ている者も脱いでいる者もいるから、遠くから見ると白黒の碁石のようだ。彼は席から立ちあがり、首を伸ばし、白いワイシャツと黒いジャケットを着た者たちの数をかぞえる、五目並べのようにどの方向にでも五名つづけて同じ色の服装になっているのを見つけると、ニヤリとして勝者になった気分で腰を下ろす。そんなことを一日にかならず五回はやった。朝出勤して一回、昼食前に一回、昼を食べて戻ってきて一回、午後三時頃に一回、退勤直前に一回、ほとんどの場合五回すべて五目を達成し、はなはだしくは最大十二目まで達成できるときもある。

同僚たちは、よほどのことがないと席を空けなかった。自席とトイレ、地域別担当者の席の間を行き来するだけだ。いったい何をして机にはりついているのやら、見当もつかない。消えた先輩によれば、同僚たちもまた彼と同じく、各地域の情報収集の業務をしているということだった。どんな方式でどんな情報をどれだけ収集しているのかについては、先輩も知らなかった。彼らは専門家だ、君のようなね、つまり担当する都市についてならば誰よりも精通している者たちだ。先輩がさらに言う。けれども、それしか知らないんだ。それが唯一の欠点だ。彼は先輩も業務について知るところは多くないということがわかり、それ以上何も尋ねなかった。知りたいことが出てきたときには、もう尋ねようもなかった。先輩は無断欠勤中だった。

誰かがパーテーションをトントンと叩いた。振り返ってみれば、担当者だ。勤務をはじめてからというもの担当者が彼の席にやってくることなど一度もなかった。彼はちょっと意外な目をして、それでもこんなふうに直接やってきてくれてうれしいという思いも込めて、ちょうどそのとき書類を作成していたので、集中して仕事をする姿を見せることができてよかったと思い、にっこりと笑った。担当者は言葉に気をつけながら、あなたの業務量は過重なので、業務を手伝う後輩社員を探してくれませんか、と言って名簿を差し出した。まもなく予定の派遣勤務期間が終わるので、そうでなくとも自分の業務を、もし特にそのようなものがあるとすれば、あとを引き継ぐ者が必要ではないかと思っていたところだった。

新入社員だった頃に彼から業務を教わった後輩は、電話の向こうで、どこか釈然としない口ぶりで、どんな情報を集めなければいけないのかと尋ねた。彼は、どんな資料でもいいんだと答えた。後輩はちょっと考えてから決めますと言い、彼は後輩に、もう決定済みで辞令の出ている事案であるから考える余地のないことだ、という言葉をあえて言わずに、ただ気のない声で、そういう反応に対してなにか物足りないという含みをにじませながら、そうすればいいと答えた。翌日電話をかけてきた後輩は、少しばかり長い旅行だと思えばよいことなので派遣を受けます、と言った。彼は、決心してくれてありがとうとてもうれしそうに言い、宿舎と業務に関する後輩の質問に答え、その他の必要な助言もした。そうこうするうち、不意に、派遣勤務の打診を受けたときに先輩が自分にしたのと同じようなことを言っていることに気づいた。気づくなり、ふっと思い出された猟犬の比喩を後輩に話してやると、きまり悪そうに笑った。

彼は後輩が初めて出勤する日に出勤しなかった。彼が助けなくても後輩はオフィスの入口に掲示されている座席配置図を参考にたやすく席を見つけて、業務に就くことだろう。あえて出勤しない理由を挙げるならば、ウサギのせいだと言えるだろう。前の日に彼がたっぷりと与えたペットフードを思う存分たいらげたウサギが、夜の間にケージから跳び出して、臭いを放つ排泄物を部屋じゅうにまき散らしたのだ。家がウサギの排泄物の臭いにまみれて、目覚めるなり吐き気に襲われ、ウサギの毛が入りこんだ鼻の穴をほじくって、窓を開けた。自分の体からもウサギの糞の臭いがするようで、臭いが消えるまで窓辺に立ち尽くしていた。気がつけば出勤時間はもう過ぎている。どうせ遅れてしまったのだから、一日くらい欠勤してしまおうと、初めてそんなことを考えた。

翌日、ウサギの糞の臭いは前の日より薄くなったようではあったが、彼はやはり出勤しなかった。昨日出勤しなかったのに何も起こらなかったということを知り、だとすれば今日は出勤する必要があるのかとも思いはじめた。誰かに欠勤理由を尋ねられて、ウサギの糞のせいだと答えるのはきまりが悪い、なので、資料検索して書類を作成し、作成したものを提出し、提出した書類がそのまま破棄されるのを見ているという一連の過程にうんざりしたのだと答えるつもりだった。それをほんの数回やらなかったからといって、人生が大きく狂いますか？　むしろそう質問してもいいかもしれない。誰も彼に欠勤理由を尋ねたりしないのは明らかだが。

出勤はしない、けれども平日の真昼間に家にいるのは初めてだったので、彼は何をすればいいのかわからなかった。家ですることと言えば、ウサギを見つめることしかないのだが、ウサギの赤い目は彼を不快な気分にさせる、だから彼はウサギのケージに黒い布をかけて、机に向かい、職場でするのとまったく同じように仕事を始めた。インターネットで都市に関する情報を探し、検索した情報を整理し、書類を作った。業務内容は変わらないが、白いワイシャツを着る必要がないことだけはよかった。彼は朝起きると着替えもせず、膝のとびだしたパジャマと首周りの伸びたTシャツ姿で心ゆくまで煙草を吸い、資料を検索した。身についた職場での習慣そのまま、一日に五回すくっと立ち上がった。初めて立ち上がったときには大きな声で笑い、わけもなくトイレに行った。二回目に立ちあがったときには、きまり悪そうに苦笑いを浮かべ、水を飲みに行った。三回目に立ちあがったときには自分の頭を叩いた。四回目に立ちあがったときには泣きたくなり、五回目に立ちあがったときには少し泣いた。退勤時間になるとコンピューターの電源を落として、自律的に進めていた業務を終了した。そうあるべきなのだ。派遣中は残業手当がないのだから。

ウサギのケージに覆いかぶせた黒い布を外そうかどうしようか考え込んでいるときに、誰かがドアをコンコンとノックした。彼は答えなかった。いらっしゃいますか？　玄関のドアの向こうから聞こえてくる声だけでは誰だかわからない。彼は足音を立てないように気をつけながら、魚眼レンズに目をあてた。ドアを叩いていた者はもう背を向けて歩き出していた。黒いジャケットを着た男だった。首のところに白いワイシャツが少し見えたが、そんなありふれた服装では誰だかわからない。この都市では、彼の職場で働く者たちにかぎらず、事務職の者も、訪問販売員も、宗教の伝道師も、多くがそういう服装をしているのだ。

出勤はしなかったが、今までと同じように業務をつづけた。給与日にはじめて不安な気持ちに襲われたが、通帳を確認してみれば定額の給与が振り込まれている。いずれにせよ、家にいても出勤しても同じように業務を進めていたのだから、給与を受け取るのは当然だと彼は考え、給与の一部を引き出してウサギの餌を買い、スーパーに行って食料を調達した。

彼の家の玄関をノックする者は、毎日決まった時間に現われた。退勤時間から数十分後に誰かがドアを叩きはじめる。彼はどんな音にも息を潜めていた。その誰かはあるときにはトイレのドアをノックするようにコンコンと、あるときには怒っているかのようにドンドンとドアを叩き、またあるときにはドアの前に座り込みぶつぶつと訴えかけるかのように何事かをしゃべりつづけた。玄関のドアの向こう側から聞こえてくるものだから、何を言っているのかよくわからない。そのせいか彼のことを必死で探し求めているというよりは、なにか泣き言を言っているように感じる。

予定の派遣期間終了日が近づいていた。彼はゆっくりと荷造りをした。わずか数か月にしかならないのに荷物はそれなりに増えていたが、それもすべて捨てた。初めてやって来たときのように、荷物は身軽なトランクひとつにすべて詰め込んだ。午前零時きっかりに派遣勤務終了の時を迎えると、彼は建物の管理人に管理費を支払い、ウサギを抱いてトランクを引いて外に出た。ウサギは彼が不規則にペットフードを与えたものだから、そのときどきで丸々としたりやせ細ったりしたものの、抱きあげてみれば、初めて連れてきたときとそう変わりはない。

胸に抱いていたウサギを宿舎の公園の草むらに放した。ウサギは彼のほうにぴょんと跳びつくのでもなく、彼のズボンの裾のあたりをかじるのでもなく、彼のあとをちょこちょこついてくるのでもなく、それこそが自分のやるべきことだと知っているかのように公園の草むらのなかに姿を消した。いじらしい声で鳴いても振り返るつもりはなかったけれども、そんな声はそもそも聞こえない。彼はウサギの毛のついた手をぱんぱんとはたいた。がたがたとトランクを引いて公園をあとにしながら考えた。とかくこの世は捨てられた愛玩動物であふれているものなのだと。

散策

眠りを破ったのはイノシシだった。夢の中で突然獣の音がしたのだ。猛々しく唸り声をあげ、息もあがらんばかりにふうふうと荒い呼吸をして、鼻をくんくんとすりつけてにおいを嗅ぐ音だ。彼は驚いて飛び起きた。はじめは犬が吠えているのかと思っていた。ふたたび声がして、ようやくイノシシだと気がついた。妻は軽いいびきをかいて寝ている。ほっとした。目を覚ましたりしたら、なにごとなの？　ちょっと見てきてよ、と言うはずだ。

彼はベッドにぼんやりと座って部屋の中を見わたした。闇の中でだんだんとものの輪郭がはっきりしてくる。かわりばえのない風景だ。薄暗がりの中でベッド脇のテーブルの上に置かれた二錠の薬が目に飛びこんでくる。妻がまた飲み忘れたらしい。だらしないな、彼はあきれて、寝ている妻をちらりと見やる。妻が目覚めていたとしても、注意なんかはしない。妻は妊娠中で、ひどく過敏になっている。間違いを指摘する言葉や、不平不満じみたことは言わないに越したことはない。彼は、最近では、妻から頼まれたことはできるかぎりやることにしていたし、そのせいで疲れたなんて素振りは微塵も見せない。なのに、妻はいきなり泣きだしたりする。彼が自分とお腹の赤ちゃんの苦しみに冷たいというのだ。自分の体と赤ちゃんのことが心配で、もう気持ちがいっぱいいっぱいなのだと泣きじゃくるのだ。最初のうちはいじらしいと思った。妻はすねたり、大げさに騒いだりするほうではない。しかも、妊娠期間中ずっとつわりのためにろくろく食べることもならず、げっそりと痩せていた。彼もまた妻の体が心配だった。が、薬をきちんと飲ませることのほかに何をしたらいいのかわからない。妻の過敏な神経を刺激しないことが最善なのだと思っていた。まもなく子どもが生まれる。予定日まであと二十日ほどだ。予定日が近づくほどに妻はしきりに陣痛を訴えた。実のところ、彼はそれほど子どもがほしかったわけではない。それでも妻の妊娠を知った時には心から喜んだ。妻と一緒になって、どれが羊水で、どこまでが羊膜なのか見分けのつかない黒くてぼんやりとした超音波写真を覗き込むうちに、胸がいっぱいになって涙がこぼれるほどだった。

彼はテーブルの上の錠剤を薬の瓶に戻し、妻に触れないよう注意深くそろそろとベッドに横になる。イノシシの声がまた聞こえた。さっきよりは少し遠ざかったようだ。声から感じる距離に安堵した。

妻を起こさぬよう、ベッドの端で今にも落ちそうになりながら横たわるうちに、不意に家主の言葉が思い出された。家主からイノシシの話を聞いたことがある。住所の書かれたメモを受け取った直後のことだったと思う。いつだったかイノシシが食べ物を探して村の裏手の里山から下りてきたことがあったというのだ。

「イノシシですか?」

妻が家主に聞き返した。怖がるというより、いつイノシシは現われるのかしらと期待するような口ぶりだ。

「そうです、イノシシです。里山のある村ではよくあることですよ」

そして家主がこうつけくわえる。

「だけど、イノシシも見る目があるから、おじょうさんのようなきれいな人には飛びかからないんですよ」

妻は頬を赤らめ、笑みがこぼれそうになるのをこらえて家主を見た。気分もよさそうに。彼は年老いた家主の臆面もない冗談を不快に感じたが、顔には出さなかった。妻のお腹はもう見るからに膨らんでいる。子どもが見ても妊娠していることが一目でわかるほどに。

彼は妻の妊娠が明らかになった直後に支社勤務の辞令を受けた。支社勤務とはいっても、その経歴があるほうが本社での昇進に有利だということは周知の事実だ。支社には生産工場がある。管理職は生産現場を知らねばならない。それは会社の代表の公然たる経営方針なのだ。

「二年の勤務で昇進の可能性が高まるならば、いい条件なんじゃないか?」

彼に直接電話をかけてきた支社長は、豪快な声の持ち主だった。勤務期間がそう長くもなく、昇進のためにもいい機会ということなのだから、躊躇する理由がない。ずっと景気が悪かったから、現状維持も難しい時期だった。退職でさえなければ、なんであれ拒むことなどできない。

幸いにも妻も快く同意した。

「少しの間だけど、暮らす場所を変えてみるのも悪くはなさそう」

結婚してからずっと二人が暮らしてきた家を見まわして、妻が言った。少しばかりぎくりとした。彼は職場での生活や妻との関係がまるでマニュアルどおり、型どおりのものになっているように感じていた。すっかり馴染んで気楽ではあるが、特に気を遣わなくとも波風立たずに流れていく暮らしは退屈でつまらなかった。無心に家を眺めわたしている妻の表情にも、彼と似たような思いが読みとれた。彼らは暮らす場所を変えることに、あっさりと合意した。いくつか決めねばならぬことがあったが、すべてが比較的順調に運んだのだった。

布団の中でもぞもぞ動けば妻を起こしてしまいそうで、彼はもう起きあがることにした。素足で床に降りる。冷たい。床暖房は入っていないようだ。管理室で一括コントロールしている床暖房はしょっちゅう切られていて、入っているときでもひんやりとはしないという程度のもので、けちくさい。

彼はかじかむ足で窓のほうへとゆく。窓辺に立って真っ黒な森を眺めやる。森はひとかたまりの闇となって、道も、そびえる喬木《きょうぼく》も、丈の低い雑木も、その闇のうちに沈んでいる。越してきたばかりのころは、家の裏側からのびてゆく一本道をたどって散策することもあった。そう高くもない里山は傾斜もなだらかで、喬木が鬱蒼と茂る森をその懐に抱えていた。森を散策しているあいだじゅう鳥の鳴き声が聞こえる。木々が生い茂って、探そうにも鳥の一羽も見つけられない。と思えば、不意に飛び立って姿を現して驚かされる。

森に散策に行かなくなったのは、突然飛び立つ鳥やイノシシのせいではない。イノシシは、実在するという実感がないからなのか、そう怖くもなかった。かげろうのせいなのだ。かげろうがある瞬間に現われて、散策しているあいだずっと彼のまわりを飛びまわる。顔にまとわりつく虫どもを払いのけるために手を振りまわして、自分の頬を打ってしまったこともある。追い払おうと必死に手をバタバタさせれば、自分自身を叩く羽目になる。操り人形みたいに手足を激しく動かしたところで何の役にも立たない。だんだん自分が滑稽に思えてくる。羽虫どもはどんどん増えて影のようにピタリとついてくる。

家は支社長の紹介だった。

「借家人にとってなにより重要なのはなんだかわかるか？　家主だ。賃貸住宅は百パーセント家主を見て選ばねばならない」

家主は賃貸業を専門にしている人だった。支社長の母親だった。家主は彼に、以前に支社勤務をしていた先輩が住んでいた家を紹介した。先輩は支社勤務二年の後に昇進して本社に戻った。彼は家を見もせずに契約した。支社長室で会った家主は住所さえわかれば大丈夫だろうとメモを差し出した。

「なにしろきっちりと区画整理がされている地域だから、誰でも簡単に見つけられますよ」

区域の名前と一一一番地という住所が記されたメモは、何度も折ったり開いたりしたせいで折り目がぼろぼろになっている。

「家はとても静かだと思います」

家主の言葉に妻が、きちんと防音されているんですね、と言った。

「今は入居者はひとりもいないんです」

家主が言う。妻は冗談だと思って笑った。

彼はメモを受け取り、深く頭を下げる。

「信頼に足る人が住んでくれるんだから、むしろわれわれのほうが御礼を言わなくてはね」

支社長が礼儀をわきまえた言葉で応えた。

家主の言葉どおり、見事に区画整理された地域だった。道路を真ん中にして、右手には偶数番地の家、左手は奇数番地の家。道路の中央には道の消失点を指し示すかのように松明《たいまつ》を捧げ持った女人像が立っていた。建物の一階にはひさしを短めに差しだした店がいくつか入っているが、休日だからかどの店も閉まっている。彼は道の左側へと渡って、番地を唱えながら家を探した。道路のはじまりが一〇一番地、道路のおわりは、つまり松明を手にした女人像のあたりが一〇九番地だった。道の向かい側は偶数番地だけだ。彼はもう一度はじめから数え直した。やはり一〇九番で終わっている。彼はしかたなく一〇九番地と刻まれているアクリル板をなでた。

妻は車の中にいる。道を行ったり来たりするたびに妻に手を振った。無反応だ。隣の路地は別の区域だった。家主が区域や番地を間違って教えるはずがない。電話をしてみようかと思ったが、支社長の年老いた母親を煩わせたくはなかった。ほかの人たちは簡単に見つけるというのに、自分ひとりが道に迷っているみたいに思われたくはない。彼は何度も道路を往復した。一一一番地はない。なにかに化かされているかのようだ。ほとんど人の気配のない街だった。一一一番地を探すあいだに出会ったのはただひとりだけ。乳母車を押してゆっくりと道路を行き交う老婆だった。彼は悩んだすえに老婆に近づき、一一一番地はどこかと尋ねた。老婆は耳が遠いのか、彼の言うことがよくわからない。彼は焦れて、「一一一番地ですよ」と思わず大声を出した。老婆は首を横に振って通り過ぎていった。よろよろと空っぽの乳母車を押してゆく老婆の後ろ姿を見るうちに不意に笑いが弾けた。涙が出そうだった。笑っている場合ではないのだが、だからといって泣いている場合でもない。どこかで犬が吠えた。どこか建物の中で吠えている声だ。その声に少しホッとした。人影はないが、誰かが住んでいるのは確かなのだから。

支社長は不在だった。支社長の所在を知るはずの者もやはり席を空けていた。困ったことになった。建物ごとに差し渡されているひさしが、降り注いでくる闇をかろうじて遮っていた。もうすぐにもひさしではどうにもできない闇が一気に押し寄せてくるだろう。しばらくして支社長から電話がかかってきた。支社長は母親と電話で話したと言い、一一一番地は道路からは見えず、一〇九番地を通り抜けないと入れないのだと教えてくれた。

「そのことをわれわれが言わなかったかな?」

支社長が尋ねた。

「私が方向音痴なもので」

彼が言い訳するように答えた。

一〇九番地の鍵は玄関の横の植木鉢の下にあった。植木鉢はじめじめとして、みみずが蠢《うごめ》いていそうだ。鍵を引きだそうとして手についた土を表札になすりつけた。

扉を開けた途端、巨大でぐにゃっとした獣が彼に覆いかぶさった。彼はわっと叫んであとずさる。長い舌が顔を舐める。やっとのことで自分に覆いかぶさっているものを押しのけた。犬だった。妻は妊娠がわかったばかりなのだ。なにより注意を要する時期なのだ。彼は妻を安心させようと、ばくばくしている心臓の鼓動に合わせて笑い声をあげた。犬がまた近づいてきて、今度は首を舐めた。尻尾を振っているのをみれば、嚙みつくつもりはないようだ。犬は少しばかり恐ろしい方法で親愛の情を表わしているのだ。彼は体の大きな犬を背負うようにして押しかえして、妻を呼んだ。妻は入りかけて驚いて凍りついた。

「大丈夫だよ。すごくおとなしいやつだよ」

彼は両腕を広げて自分より大きな犬を抱いた。体で押しとどめようとするならば、それしか方法はない。

「犬なんかじゃなく、怪物じゃないの」

妻が泣きそうな声で言った。犬が妻を見て、ニッと歯を剝きだして、グルグル唸る。

「いいや、犬だから。それもほんとにおとなしいやつだから。そもそも天上へと昇るためには、こういう大きな門番をクリアしなければならないというわけだ。君もわかっているだろ。この犬さえクリアできれば天国が待っている」

彼はこんなふうな言い方は好きではない。天国のようなわが家だとか、天使のような赤ちゃんといった類の表現のことだ。妻をなだめようとして、その手の言葉がスラスラと口をついて出る。

「一回きりだよ。ここさえ通り抜ければ天国だからね」

妻は天国に入る覚悟をしたのか、唇をギュッと嚙みしめた。そして犬の吠える声を聞くまいと耳を塞いだ。犬は妻に抱きしめてもらえないのがいかにも残念そうに、猛烈に尻尾を振ってウォンウォン吠えた。体が大きくて、声もすごいが、いいやつだった。抱いているとぽかぽかしてきた。彼は犬の首を優しくさらさらとさすってやってから一〇九番地の地下に降りていった。地下は裏庭へと出る門に通じていた。そこを出ると、森へとつづく散策路がある。散策路の出発点となる一〇九番地の壁に、瘤《こぶ》のようにくっついている小さな三階建ての建物が現われた。一一一番地だ。

家は天国だとは言いがたかったが、天国ではないと言い切ることもできなかった。背後の森は大きく育った樹木が生い茂り、庭の一部のようにも見えたが、そのせいで多少暗い感じもする。家の片側は一面が壁になっていて日当たりはよくなかったが、もう片側の窓からは森が見える。すばらしい眺めだ。食器棚には、新しいものではないが汚れひとつない食器類がきれいに収められていた。旧式のデザインのベッドのシーツは洗濯済みで皺ひとつなくピシッと敷かれている。古びた年代物の雰囲気の椅子は、いざ座ってみればギシギシと軋んで心許ない。

妻は疲れも知らずに食器棚の食器類をひとつひとつ見てゆく。

「前から欲しかったカップだわ」

妻が青い花模様のカップを手に取った。

「毎日このカップでお茶を飲むわ」

彼はことさらに穏やかな表情で妻を見つめて微笑む。二人の微笑みを破ったのは犬だった。いつのまにか犬がやってきて玄関のドアにのしかかってワンワンと吠えている。木製のドアのノブががちゃがちゃと音を立てるほどだ。妻の視線が不安げにノブの動きを追っている。彼はすぐに家主に電話した。

「もともとあの犬は人が好きなんですよ。一度首を撫でて抱いてやったら、もうすぐにもなついて、あとをずっとついて歩くんですから。でも、絶対に嚙みついたりはしないから、奥さんに安心してくださいとお伝えください」

「妻は妊娠中なものですから。リードのようなものでつないでいただけないでしょうか?」

彼は妊娠という言葉に特に力を込めた。強い口調になりそうになるたびに、家主が支社長の母親だという事実を想い起こした。

「リードですか?」

家主が意に染まぬという口ぶりで言う。さらに、

「あの犬は一〇九番地と一一一番地を守っているんです。ええ、二つとも私が賃貸している家で

す。あの家に泥棒が一度も入ったことがないのも、あの犬のおかげです。とにかく聞き分けのいい犬じゃないですか。今まで人どころか影にすら嚙みついたことがないんですよ。誰にでも尻尾を振ってついてゆくのが問題といえば問題なんですけどねぇ」

妻が家主の言い分だけを聞いて電話を切った彼を責めるような目で見た。

「もう私は、犬のせいで、自由に出入りしたいなんて思うのも大間違いというわけね」

妻になじられて返す言葉のない彼が玄関のドアをドンドンと蹴とばした。犬はドアを開けてもらおうと玄関の前でしばらくクンクン鳴いていたが、やがて戻っていった。あの声が耳にしみついて、彼はほとんど眠れない。不眠はその時からだ。運がよければ、三、四時間眠れるくらいのものだ。犬は暗い夜には、ともすると彼の家の玄関前で吠えた。


またイノシシが吠えた。声はさっきより遠くもなければ近くもない。食べ物を探して村を徘徊するというより、ひとところにじっととどまっておのれの存在を誇示するかのようだ。聞こえるのはその声だけ。外は妙に静まりかえっている。道路を通り過ぎてゆく車の音も犬の吠え声もしない。イノシシが物を壊したり、人を攻撃するような音もしない。もしや通報を受けて出動した警察が暴れるイノシシに麻酔銃を撃ったのか、捕獲網を投げたのか。だが、サイレンの音は聞こえない。

暗い窓を眺めていた彼は、いつのまにかイノシシの吠え声がしなくなっているのに気づいた。イノシシはひとところでじっと動かず、荒々しい声で唸りつづけたすえに立ち去ったようだ。攻撃対象を発見したがゆえの沈黙の可能性もある。彼は静寂の中で誰かが何もない道路でイノシシにひどくやられている場面を想像した。ゾワッと鳥肌が立った。彼が怯えようとなんだろうと、イノシシが彼を襲撃することなどできはしないのだ。彼の家は三階だ。低層の建物がほとんどのこの界隈では、イノシシの襲撃から比較的安全な場所と言える。

部屋に戻ろうとしたところで、玄関の木製のドアを引っ掻く音がした。彼はそろそろとドアの前へと近づいた。引っ掻くというより、体ごとドアにバンバンとぶつかる音のようだった。獣の息の音も小さく聞こえる。怯えてクンクンと鳴いている声だ。魚眼レンズを覗けば、犬がうろうろするのが見えた。犬もイノシシの声を聞いたのだろう。怯えて階段を駆け上ってきたのだろう。彼は犬の鳴き声を聞いて、玄関の鍵がちゃんと締まっているか確かめた。はずれていた留め金も掛けなおした。窓もしっかりと閉じた。彼は足でドアをドンドンと蹴った。犬を追い払おうとして。裏目に出た。犬はかえってグルルルと唸りだした。暗闇の中、白くペンキを塗られた木のドアが白い楯のように輝いている。木のドアを楯にして、暗黒の世界で大きな犬一匹と睨み合っているというわけだ。いかに正面から立ち向かうことのない人生とはいえ、こういうこともあるのだろう。彼は舌打ちした。よりによって犬かよ。

書類を作成する手が止まる。彼は不意に昨夜のイノシシの声を思い出した。隣近所にあの声を聞いた者がいるのではなかろうか？　窓を開けて道路を疾走するイノシシを見た者がいるかもしれない。

「ゆうべ、あの声を聞いたか？」

隣の席の後輩に尋ねた。後輩は一〇九番地の居住者だ。

「もう大変でしたよ」

彼はうれしくなって後輩のほうに向きなおった。誰もイノシシの話をしなかったのだ。感覚が過敏になっている妻さえもイノシシの声がしているときにはぐっすり寝ていた。ひょっとすればあの声を聞いたのは夢だったのかもしれないと思っていたところだった。イノシシの声におののいたのは彼と犬だけだった。

「どれだけ飲んだんだか、朝起きるのもやっとのことでした」

後輩が言った。

「今も胃がむかむかして死にそうです。ちょっと臭うでしょう？」

そうだ、昨夜は飲み会があったのだった。支社長の突然の提案で退勤後にみなで居酒屋に繰り出したのだ。彼は行けなかった。妻のためだ。妻は犬のせいで一日中外出できない。仕事中の彼に何度も電話をかけてきて、いつ帰ってくるの、と聞くのだ。約束の時間よりも遅れでもした日にはきっと、泣いてぷっくり腫れた目で彼を出迎える。監獄で暮らしているのと変わらないと嘆き悲しむ。こうなるともう、都市に戻ろうと言ってきかない。

気がつけば、職場の同僚のほとんどが、昨夜の飲み会のことで盛り上がっていた。彼らは飲み会の場での話題をネタに冗談を言い合っている。飲み会に行かなくとも、支社長の目も当てられない歌の実力や、こぶしを宙に突き上げる式の踊りや、女性社員をやたらと抱き寄せるというようなことはよくわかるが、他の話は冗談なのか本当のことなのか、よくわからなくて戸惑った。

彼はどんな話にも笑い、ゆっくりと書類の空欄を埋めていった。不眠のせいか、目がチカチカしてよく見えない。目薬をさせば、涙のように流れ落ちた。ティッシュで流れる目薬を拭いているところに妻から電話がかかってきた。妻はすすり泣いていた。

「犬が午前中ずっと玄関前で鳴いていたのよ。陣痛は一時間おきに来ているし」

怯えて木のドアを引っ掻く犬の姿がありありと思い浮かんだ。

「イノシシが出たのか？」

彼が血相を変えて尋ねる。

「イノシシですって？　イノシシが出たりもするわけ？」

うわあああああ、妻はほとんど号泣しはじめた。受話器から泣き声が漏れ出るようだ。彼は困りきった表情でオフィスを見まわした。後輩が彼にちらりと視線を投げて、目が合うと顔を伏せた。

「怖くて生きてられない」

妻が言う。

「私がこんなに不安なんだから、おなかの赤ちゃんだって不安にきまってる。犬のせいよ。このままじゃ、陣痛が来ても、外に出てタクシーに乗ることもできない。この狭い家でひとりで子どもを産むなんて、考えただけで気が狂いそうよ」

「ひとりって、なんでひとりなんだ？　家主が近くにいるじゃないか」

その言葉が妻の慰めになるはずもなかった。彼もまた家主が頼りになるなどと考えたこともない。

「夜には暖房を切ってしまうし、妊婦が怖くてたまらないと言ってるのに怪物のような犬をわざわざ放し飼いにするような家主をどうやって信じろと言うの？」

妻が苛立つ声で言う。彼は必死に笑みを浮かべて、すぐに帰るからちょっとだけ待ってて、と言って電話を切った。

外出申請書を出すと支社長が眉をしかめた。

「これで何回目かわかっているのか？」

「陣痛が来たということなんです」

「私は子どもが三人だ。一番上のは陣痛の間ずっと家内のそばにいたけれど、二番目は生まれる直前に行ったし、三番目は仕事で最初から行けなかったね。陣痛が来たからといって、赤ん坊がするりと出てくるわけでもない。君がいようといまいと生まれるときには生まれるんだ。今すぐ生まれるわけでもないのに、ずいぶんとおおげさなことだ」

妻のために最初に早退したとき、父親になるのも簡単なことではないな、と支社長は言ってハハと笑った。

「本社にいたときは誰よりも真面目だったという話を聞いたよ。業務成績もいいし。だから特に君を指名したんだ」

彼は真面目だという部分にことさらに同意してうなずいた。支社長がじっと彼を見つめる。支社がある地域に生まれ育った支社長は頑固で、強情で、集団意識が強い。

「君はここが気に入っているんだな。そうだろ？　ずっとここにいたいんだろ？」

支社長が冷たく言い放つ。

「犬のせいなんです。妻が犬のために神経過敏になりまして」

彼が困惑して答える。支社長は、何を言い出すのかという顔で彼を見た。彼はもう少し説明が要ることに気づいた。今はそんな暇はないことも悟った。不機嫌な顔の支社長をあとに席に戻った。

「犬は好きかい？」

カバンに未完成の書類をまとめて入れて、後輩に尋ねた。

「犬よりは人間がいいですね」

「おれもそうだよ」

「耐えてください。いつかそのうち死にますよ」

後輩が笑いながら言う。

「そうだな」カバンを閉めながら彼が言う、「いつか死ぬな」

後輩が声を低めた。

「支社長があの犬をどれだけ大事にしていることか。とにかく睡眠剤でも飲まれては。ひどい顔してますよ」

彼がうなずく。ぐっすりとひと眠りしたかった。


彼は一度も犬を飼ったことがない。犬について知ることはまったくないと言ってよい。けれども彼は、犬が人間よりも先に宇宙に行ったことを知っている。世界大戦のときには犬が爆発物を運搬する役割を担って軍人たちを恐怖せしめたことも知っている。戦時に収容所から逃走した捕虜たちは敵軍よりもまず犬に追われたということも、古代には主人と一緒に埋葬されて天国への道案内までしたということも知っている。

一〇九番地のドアを開ければすぐにも、犬が尻尾を振って駆け寄る。彼が犬を抱く。彼に対してこんなふうに親愛の情をぶつけてくる存在は久しぶりだった。彼は犬の首筋をやさしくなでる。犬が鼻をクンクン鳴らす。彼が手に提げている黒いビニール袋から洩れでるにおいを嗅いでいるようだ。彼は一〇九番地を抜けて一一一番地の外へと出た。犬はおとなしく彼のあとをついてくる。家主の言うとおり、すぐになついて追いかけてくるのが難点だった。

散策路の入口には一群の人びと。水筒を脇に抱え、木の切り株に腰をおろしている。

「湧き水はどちらのほうですか？」

彼が人びとに向かって声をかけた。

「あちらです。すぐ近くですよ」

ひとりの男性が右のほうの道を指さした。彼が軽く頭を下げる。

「大きな犬ですねぇ」

「ええ、体格はこんなんでも実におとなしいヤツです」

彼が自慢げに言う。犬が尻尾を振る。

「こういうヤツと一緒に歩けば、安心でしょう」

彼は何も言わずに微笑んだ。

犬は最初のうちは彼と歩調を合わせて歩いていたが、そのうち彼の前を歩いては立ち止まり、尻尾を振りながら彼を待った。マーキングをするときには、彼を待たせないように、わざわざ先に行っておしっこをしている。ときには彼をせかすこともあるが、けっして足を速めたりはしない。別の方向に行こうと逆らうこともなかった。ただ彼よりも少し前を歩くくらいだ。なぜにこうも息が合うのか、長らく犬と一緒に散策をしてきたかのようだ。

彼は湧き水へと登ってゆく道から、人影のないことを確認して小道に入った。雑草や低木が茂る道だった。草がぼうぼうと育ち、木の枝がやたらと道におちかかって歩きづらい。犬は木の枝にひっかかるたびにクンクンと鳴き声をあげ、彼を振り返った。彼は励ますように、やさしく犬の首をなでる。

木々の間から仰ぎ見る空が暗くなるころ、ようやく足を止めた。

「誰かいませんか?」

空に向かって声をあげる。一瞬遅れて応答するように、彼の声が戻ってきた。彼は犬の首をすーっとなでて、平らな場所を選んで腰をおろした。座っている彼の脇を犬がぐるぐるとまわる。

彼は黒いビニールからひとかたまりの肉を取り出した。犬がそばに寄ってきてクンクンにおいを嗅ぐ。犬にはなじみのないにおいかもしれない。食べないなら、しかたがない、食べないでくれたら、と思った。久しぶりの散策だった。いつになく心は穏やかだった。犬は肉を舌で何度か舐めて、すぐに食べだした。残念だ。でも止めはしない。犬が夢中で肉のかたまりにむしゃぶりついているあいだ、首に縄をまわして幹の太い木に結びつけた。肉をたいらげた犬が名残惜しげに口から舌を垂らしている。しばらく同じところをぐるぐる歩きまわって、ときおり長い舌を見せて、息を整えている。そのうち虚空を見つめてキャンキャンと吠えだした。彼は犬が吠えている方へと視線をやった。人が来たら困る。からみあう枝の間からは闇が近づいてくるだけだった。少し怖くなった。犬は病める主人に忍び寄る死神を見るという話を聞いたことがあった。

草むらに座っていたものだから、だんだんとズボンが湿ってきて、背中が凍えた。寒かった。とはいえ、なぜかこういうじめっとした感じはずっとつきまとっていたような気もして、耐えられないこともない。犬は相変わらず虚空に向かって吠える。そのたびに遠くから犬の吠え声が返ってくる。それを聞いて犬は窮屈な縄をはずそうとまた苦し気に吠える。そんなことが何度も繰り返された。果てしなく思われた、その瞬間、不意に犬が気力を失くして静かになった。彼は犬が力なくへなへなと足から崩れ落ちて、食べたものを吐き出して、口から泡を吹いて、下痢をして、おしっこをするのを見ていた。無惨に痙攣《けいれん》して唸るのを聞いた。喉が渇くのか長い舌を突きだして、せわしく荒い息をするのを見た。彼は震える犬の体を抱き寄せた。ぐにゃりとして温かい。腕の中で犬がウウンと激しく呻いた。驚いて犬を突き放して立ち上った。犬が彼を呼ぶかのように小さな声でクンクンと鳴いた。

彼は早足で道を下ってゆく。鬱蒼と枝を垂らした木々がびっしりと微動だにせず立っている。風が吹けば木々が今にも倒れそうに揺れる。驚いた鳥が飛び立つ、騒がしく虫が鳴く、どこか犬の苦しむ声が聞こえる。その声にうしろを振り返れば、風に揺れる木の葉と木々から落ちる影が黒く揺らいだ。

歩いてゆくほどに森は深くなった。しばらくのあいだは松が密生する森に沿って下へと降りていったのだが、ある地点にくると森の様子が完全に変わった。突き出している木の枝で腕や目を怪我しそうだ。丈の低い木々や鬱蒼と茂る灌木《かんぼく》がひとかたまりにもつれてからみあった藪《やぶ》が現われた。どうやら同じ場所をぐるぐるまわっているようだ。既視感のようでもある。藪が深くなるほどに道はどれも同じに見える。どこに行こうと木の葉で空をさえぎる高い木があり、こんもりと茂る雑木の藪があった。不吉な声で鳥が鳴く。ズボンをはいていても膝が擦れるほどに草が勢いよくのびている。かすかにつながっている道は突然途切れて消えたかと思うと、草が踏みしだかれたところから道が現われる。

「誰かいませんか?」

すこしして自分の声がやまびこのように重なり合って響いて返ってくる。その声に鳥が空へと飛びあがる。彼はひどく疲れたようだった。森が彼をぐるりと取り囲んでいる。もう一歩も先に進めそうにない。彼は自分が完全に見知らぬ世界をさまよっていることを認めざるをえなかった。

森は闇を習字紙のように吸い込んで、大地へと吐き出していく。ぼんやりとした闇の中、どうやら道は二つに分かれているように見えた。松林へとつづく道は脇のほうにくねくねとのびてゆく。棘のある蔓《つる》がからみあう灌木の林は下に向かって曲がってゆく。こういうときは正しい道を探すものではない。近道を探すのだ。灌木の林を通り抜けるために腰をかがめた。手で頭をおおった。固く尖った枝が攻撃するかのように体に突き刺さってくる。さらに腰をかがめた。草を踏まないよう気をつけたのだが、何度も滑って尻をついた。

灌木の林を抜けると黒く巨大な影が虚空にかかって揺れていた。黒雲だ。低く垂れこめているのを見れば、いまにも雨が降りそうだ。足を踏み出せば、視野をさえぎる黒雲も彼と一緒に動いてゆく。雲は次第に大きくなり、だんだんと彼に近づいて、四方に散った。散ったものたちがたちまち顔にぶつかった。かげろうの群れだった。彼は手を振りまわして虫どもを追い払った。そうするあいだにもかげろうどもは彼の頭や服にくっついてくる。手のひらで払えば払うほどに、ますます増える。背広の上着を脱いだ。上着の端を両手でつかんで、扇のようにパタパタとあおいだ。つかのま虫は離れたかのようだった、が、すぐにまた押し寄せた。顔にぶつかる虫よりも我慢ならないのは、耳元で鳴る羽音だった。かぼそいながらも規則的に鳴りつづけている。虫どもが耳の中に入りこんだようだ。小指を突っ込んでほじくる。どれだけやってもむずがゆさは消えない。

彼は不意に走りだした。虫を振り切るためだ。走れば、低いところに伸びた枝が体を引っ掻く。からみあった枝に足をとられて転んだ。膝が擦りむけてひりひりする。草のかたまりを踏んで滑った。腰がずきずきと痛んだ。かげろうの群れも死力を尽くして彼を追ってくる。息が切れるまで走って、ついに、どんなに走ったところでかげろうの群れからは逃げられないことを悟った。かげろうどもは彼を追ってくるのではない。やつらはどこにでもいる。群れなして彼にまとわりつく。やつらの揺るぎない集団性と執拗な追跡にかなうはずもなかった。彼は枯れ木にぜいぜいともたれかかり、大きく息を吐いた。かげろうが鼻の穴や開いた口の中に入ってきた。息を吸うと虫も一緒に吸い込んでしまう。虫混じりの気持ちの悪い呼吸がしばらくつづいた。やっとのことで息を整えると、彼は胸の奥からカーッと痰《たん》を吐き出した。

ほんのすこし森をさまよったにすぎないのだが、もう森なんてうんざりだった。森から聞こえる音と言えば、風の音、鳥の声、虫の声、遠くで流れている小川の音ばかり、とは言えぬ音が入り混じっていた。呟くような囁くような人間の声のようなものも聞こえた。近くでひそひそと話していたかと思うと、遠くで誰かを必死に呼ぶ声もする。誰かが散策路を下りていくようだった。人の声がするたびに彼は、どなたかいらっしゃいませんかー、と大声をあげた。彼の声だけがたちまち返ってきた。

森の音に耳を澄ませているうちに、都心の真ん中のビルの森で聞く車の騒音、冷房の稼働音が恋しくなった。道に迷い、森をさまようほどに、彼は都市をより理解した。森の音に比べれば、都市の騒音はその種類や中身を隠しはしないという点で正直だった。都市は絶えることのない騒音が似つかわしい場所だった。晴れた日でも都心の空はそれほど青くはない。車は途切れることなく排ガスを吐き出し、道路を疾走する。歩道に沿って並ぶ街路樹はほこりをかぶっている。そのすべての風景に彼は馴染んでいた。自然よりももっと親密な人工だった。人工ということを意識すらしないということにおいて、それは自然と変わりないものだった。排ガスまみれの空気、等間隔に植えられた同じ種類の街路樹、ビルの森から見上げる空、そのようなものこそが彼にとっては成長する過程で経験した自然のほとんどすべてだった。青い空、透きとおった空気、広大な平野、風に揺れる木の葉のようなものは、そもそも彼の人生とは縁のないものだった。彼はこれまで黒い下水が流れる堅いアスファルト、夜となれば生ゴミの臭いに満ち溢れる裏通り、排ガスを吐き散らして飛ばしてゆくタクシーのライトのようなものに囲まれていた。彼は、重苦しい沈黙を漂わせる森、冷たい空気を吐き出す森、背筋が寒くなるほどに鬱蒼と木々の茂る森と、その森を抱えこむ小都市がいやになった。あらゆる道を隠す森に比べれば、すべての道がひと目でわかる都市は、それこそ天国に近かった。

　妻は彼が森で道に迷ってさまよっているなどとは想像もできないだろう。いつ犬がやってくることかと怯えながら、時々刻々迫りくる陣痛に耐えるのに必死になっているはずだ。彼は妻の陣痛がわがことのように思えて心が痛んだ。妻は助けてくれる者を探すこともできず、ひっきりなしに彼に電話をしているかもしれない。彼は携帯電話を置いてきたことを後悔した。犬との散策のことは妻に言いたくはなかった。散策がこんなに長引くとは予想もしていなかった。彼は風に揺れる黒い森をゆっくりと見まわした。闇と化した森は物言わぬ目で彼を見つめている。

彼はまた歩きだした。どこかに行かねばならない。歩けばどこかにたどりつく。下り坂を選んだ。森の下のほうへと向かう道、でなければ深い谷間に入ってゆく道であるはずだ。

死に物狂いで歩きつづけた、すると今まで聞いたことのない音がした。鼻をクンクンと鳴らしてにおいを嗅ぐ音だ。ふうふうと荒い息を吐く耳障りな音も入り混じっている。どっしりと重い体で木の枝をへし折る音もした。森にはイノシシがいたのだ。死にゆく大きな犬もいるのだ。彼は恐怖のあまり座りこんだ。音のする方向を見きわめるのは不可能だった。どこでイノシシが吠えようと、その声は森全体に響きわたるのだろうから。飢えたイノシシが、死なずに生き返った犬が、近づいてくるようだった。

不意に咳が出はじめた。咳をこらえようと胸を抑えてかがみこんだ。松の香りがする。樹液でべたべたする木の枝が顔をひっかく。胸を抑えて咳をこらえて、いますこし歩いて下ってゆく。木々の生い茂る森、行く手をさえぎる棘のある枝をかきわけて、ひたすら歩いた。歩いていないと不安なのだ。このまま下の方へともうすこし行けば、きっと人家があるはずだ。そうして歩くうちにあの音は次第に消えていった。音が聞こえなくなって、ふっと思いが至った。もしや最初から何の音もしていなかったのかもしれない。恐怖のあまり、森から聞こえてくるどんな音も獣のものに聞こえていたのかもしれない。

歩みを速めた彼の足に何かがひっかかった。固くもあり柔らかくもあるそれは月の光に照らされて白く浮かび上がっている。平たい岩のようにも見える。芝を敷いていない墓所のようでもある。犬だった。短い縄で縛りつけられた犬が四肢を伸ばして、固くなって、横たわっていた。彼は思わずぺたりと座りこんだ。どうしようもなく体が震える。いきなり襲ってきた寒気を抑え込もうと煙草を取り出した。ポケットをがさがさとひっかきまわすうちに鍵を落とした。家の鍵だ。鍵は草の上を滑って落ちていって見えなくなった。鍵を拾うには、ぼうぼうと生い茂る暗い草むらの中を探さねばならない。彼は鍵を探すのを諦めて煙草を深く吸い込んだ。煙草のけむりが風に乗って広がってゆく。煙草の火のまわりにぶんぶんと小さな羽虫どもが集まってきた。彼はライターの炎を動かして、寄ってくる虫を殺す。むだな努力だった。虫は果てしなく集まってくる。今度は最初から松の香りがする枝にライターを近づけた。うまく火がつかない。しばらくライターの火をあてていると白い煙があがり、やがてパチパチと枝が燃えだした。それを向こうの灌木の林のほうに放り投げた。炎があがるまで少し時間がかかった。寒さが和らいでくると、こらえようのない眠気に襲われた。おかしなことだ。ここのところぐっすりと眠ったことはほとんどない。眠いという感覚はもう久しくなかった。なのに、やたらとまぶたが落ちてくる。彼は閉じてゆく目で自分を包み込む森を見た。真っ黒な闇が布団のように彼に覆いかぶさっていた。こんなに深い闇ならば、きっと久しぶりにぐっすりと眠れる。

同一の昼食

昼食はいつも同じものを食べた。人文学部構内食堂の定食Aセットだ。Aセットは日替わりでおかずが変わるが、ライスとスープ、キムチに三種類のおかずがつくというのは変わらない。いつも似たようなものだから、退勤する頃には昼食に何を食べたのかよく思い出せない。朝、出勤前に家で慌ただしく食べたおかずを覚えていないのと同じことだ。記憶の中のおかずは、今日食べたものなのか、きのう食べたものなのか、判然としない。ひょっとしたら構内食堂の掲示板に書かれている、明日のおかずのようでもある。

彼は白い米のライスと、牛肉と大根のスープと、ざっくり刻んでタマネギと和えたきゅうり、脂身だらけの豚肉炒め、ナスの和え物をトレイいっぱいに載せて、いつものおきまりの柱の陰の席に向かった。この場所ならば食堂の入口に背を向けて座る形になるので、見知った顔が入ってきても、ぎこちなく目を合わせることもない。ステンレスのコップの水をひと口飲むと、ゆっくり食べはじめる。ひとりで食べるのには慣れているから、落ち着きなくきょろきょろと周囲を見まわしたり、ぶしつけにじろじろと人を見つめたりはしない。ときにはぼんやりと虚空を眺めていることもあるが、たいていは減っていくごはんの量を観察するかのようにトレイに視線を落としたまま黙々と食べている。

同じ時間に、同じ席に座り、前の日とそう変わらない、ほぼ同じとも言える食事をしながら、彼は自分が毎日定時に複写室の扉を開けるのは、ひょっとしたら構内食堂の昼食のせいではないかと思った。大きな蒸し器で炊いた粘り気のないぱさぱさの飯、薄かったり塩辛かったりして口に合わない生温いスープ、脂身だらけの豚肉炒めや冷めた焼き魚のようなものを規則的に食べるためなのだと思うのだ。こんなふうにして日々同じ昼ごはんを食べることで、彼は昨日の昼と今日の昼が同じであることを実感し、今日の夜と明日の夜が変わらないことを確信するのだ。そんな実感と確信ゆえに、自分が地下の複写室にいるあいだ、昼も夜もそれぞれに異なる時間が流れているという事実を忘れた。言うならば、少しずつおかずが変わるだけ、本質的には同じメニューと言える定食Aセットは彼の日常そのものだった。規則的な起床時間、色は紺や黒ばかりの似たような形の服、同じ時刻に発車する通勤電車、つねに変わることのない複写室の営業時間が彼の生活そのものであるのと同じように。

先学期に内部工事のために数日間営業を中断したときを除いて、彼はずっと人文学部構内食堂を利用していた。工事期間はしかたなく近くの経営学部の食堂に行った。委託を受けた外部業者が運営する食堂だ。メニューが多彩で、きれいで、味もよいという評判で、学生や教授たちも多かった。しっかりアイロンのかかった皺ひとつない白い布がかけられたテーブルは清潔だった。細長い花瓶には薔薇が一輪。利用者が多いのに、騒がしいことも落ち着かないということもなく、静かで華やかな雰囲気が漂っていた。彼はソウル駅の電車時刻表のように大きくて複雑なメニューの前で長いこと逡巡したすえに、オムライスやキムチ炒飯のような単品メニューを選択した。経営学部の構内食堂で食事をすると、午後にかならず腹痛をおこした。やむなく学校前の屋台で買ってきた海苔巻を昼食にした。食欲もなく、おいしいはずもなかったが、アルミホイルの包みを少しずつ剝がして海苔巻二本をたいらげた。扉を閉めて海苔巻を食べているあいだも人びとはひっきりなしに複写室にやってくる。彼らは閉められている扉のノブを苛立った様子でガチャガチャと回した。トイレでもないのにコンコンと二回ノックすることもあった。彼はうっかりノックを返そうと手を伸ばしかけて、ハッとして手を戻す。ノックのあとに、いらっしゃいませんか、とセールスのように尋ねたり、なかに人がいるのはわかっているとばかりに手で激しく叩いたり、足でドアを蹴ったりする者もいた。彼はどんなに切羽詰まった声にも複写室の扉を開けはしない。昼食時間の終わる午後一時きっかりに、閉めきっていた扉の鍵を開ける。いざ扉を開けてみれば、さっきまでのあの声たちはみな幻聴だったのか、誰か来るんじゃないかと待っていても、誰も来はしないのだった。

ライスの最後のひとさじを口に入れたとき、対角線上のテーブルにこちらのほうを向いて座っている男が自分を見ていることに彼は気づいた。男には見覚えがあった。ずっと凝視している、その視線ゆえにそう思ったのかもしれない。誰なのか思い出せない。複写室をよく利用する講師かもしれない。そもそも講師はやたらと多い。彼は男に軽く目礼した。失礼をはたらくくらいなら、礼儀正しく振舞うほうがよい。男もうなずいた。昼食を終えた彼は残ったおかずをスープの器に集めた。席から立ちあがり、男をちらりと見てみれば、男もまた穴が開かんばかりにトレイを見つつ、飯を口に運んでいる。

トレイ回収台へと歩いてゆきながら、彼は男をどこで見たのか考えた。本や資料を手に複写室に入ってくる男、人文学部の廊下ですれ違った男、公衆便所の便器の前で小便をする男、バスや地下鉄で居眠りしている男、居眠りして肩にもたれかかってくる男、校門前の横断歩道に立っている男、人文学部玄関の前で煙草を吸っている男、銭湯で裸になって首にタオルだけをかけている男等々。さまざまな姿を想像してみたが、どれも覚えがない。彼は食堂を出るときに男を振り返った。男は無表情にもぐもぐと口を動かしている。顔が新聞で隠れている、と想像してみた。ようやく男をどこで見たのか思い出した。

毎日規則的な生活をしていれば、意図せずしてなじみの顔ができるものだろう。たとえば、家から電鉄の駅まで歩いてゆく道で会う、背が低くて太めの娘。彼女はいつもヒールの高い靴を履いている。そのせいか、ずっと前を歩いていてもすぐに彼に追い越され、だんだん離されてゆく。いつも後ろ姿ばかり見ているものだから、正面からすれ違ったならばきっとわからないだろう。電鉄の駅の入口には無料の新聞を配っている帽子をかぶったおばさんもいる。けっして新聞を受け取ろうとしないのに、おばさんは毎回彼に新聞を差し出す。校門の前の屋台のおばさんは海苔巻を亜鈴のように手に持って、通り過ぎてゆく者たちに向かって、つい今さっき家で作ってきたものだと叫んでいる。そして同じ時刻、同じ車両の通勤電車を利用する男もいる。

彼はいつも八時三十八分の電車に乗る。そうすれば九時三十分に複写室の扉を開けることができる。電車はかならず二番車両の三番目の乗降口から乗った。ホームの出入口からは多少遠かったが、そのおかげであまり混まない。比較的余裕をもって駅に着いて、本を読んでいると、電光掲示板に電車が前の駅を出たというメッセージが出る。電車が入ってくるほうに顔を向けると、男が見える。男は彼から一メートルほど離れたところに立って、新聞を大きく開いて読んでいる。

黒い穴を通過して駅舎に入ってきた電車のドアが開けば、流れでる水をよけるように彼は出入口の左側に、男は右側に立つ。離れて立つ彼と男の間を乗客たちがどっと降りてくる。

今朝もそうだった。彼と男はいつものように二番車両の三番乗降口のところに並んで立っていた。男は駅の入口で配っている無料の新聞を、彼は製本図書を読んでいた。講師たちが教材として使用するためにあちこちから抜粋したものを編集した本や価格が高くて手の出ない原書、市中でほとんど手に入らない本を複写・製本して、〈製本図書〉とする仕事を彼は請け負っているのだ。製本図書が売り切れることはほぼなかった。講義の教材用に学生の数だけ製本をしても、二、三冊はかならず残る。あとから受講登録を変更したり、教材を持たずに一学期をやりすごすような学生はどこにでもいる。

学生たちが各自複写室にやってきては買っていった残りの図書は彼の負担となった。書棚いっぱいに並ぶ製本図書は同じ色合いの表紙のせいだろうか、内容と分野がそれぞれ異なるにもかかわらず、すべて同じに見えた。彼は趣味や好みには関わりなく、製本図書だけを読んだ。どんなものでもよかった。それも次の製本図書ができるまでの間だ。学期の初めに製本するものはなにしろ数が多いので、第一章すら読み終えられないことが多く、学期中に製本したものはどうにかこうにか半分くらいは読んだ。

彼がちょうど読みだしたばかりの本は、パフォーマンスアートの場面を集めた本だった。教養科目の講師から託されたもので、値段が高いからなのか、受講登録を変更した学生が多かったからなのか、六冊も売れ残った。それまで読んでいた本は書棚の下の段に差し込み、その本を読みはじめた。本の中では体がぞんざいに扱われていた。芸術家が自身の体を絵筆にしてキャンバスを汚したり、体じゅうに絵の具を塗りたくって体そのものをキャンバスに写し取るといったことは初歩的な段階だ。器具を用いて身体を傷つけたり、暴力的な状況に体をさらしたりすることも頻繁に行われていた。パフォーマンスに込められた芸術的意図は別として、彼は身体を活用する芸術家たちのアプローチが気に入った。体は単に媒体の一つや表現の道具として扱われていた。高貴で尊重されるべき対象ではなく、嘲笑され脅かされる対象であり、メッセージを伝達する媒体だった。彼はさまざまに傷つけられた体を眺めながら、自分と同じように芸術家たちの体もとくに美しくもないことに慰められた。

読みかけの本を置いて、自分の体を鏡に映してみたりもした。大きく突きだした下腹、女たちはきっと触れたがらない毛深い二の腕。顔との境目がわからない太く短い首、少年時代のにきびが茶色い痕になって残っている顔。すっかり肥って、かつての顔の輪郭はもう見る影もない。複写室で勤務するようになって急激に肉がついた。複写室ではせわしく体を動かすようなことはほとんどない。客が入ってくる、椅子から立ち上がってカウンターにゆく、客が差し出す資料を受け取って数字のボタンを押して枚数を指定、緑のボタンを押して複写を開始する、複写の光がパッと広がると、人のいない壁や廊下のほうに視線をそらす、複写済みの資料を手渡す、たいていは紙幣を受け取り、箱の中をごそごそとまさぐって釣り銭を渡す、また椅子に座る。それだけだ。そんな一連の行動が一日に数十回複写される。

電車の接近を告げる信号音が鳴っているとき、彼は「腰を互いに結び合って過ごした一年」というパフォーマンスの写真を見ていた。向かい合って立つ二人の腰に縄が結びつけられていた。

彼らは一年間、二メートルの長さの縄で結ばれて暮らした。ただただ独りにならないために。二人の会話は毎日録画され、すべての日常が写真に撮られた。彼は本に視線を置いたまま無意識のうちに一歩あとずさり、すぐうしろに立っていた人とぶつかり、頭を下げて謝った。

学生時代の短い何回かの恋愛がすべてだった彼には、他人と親密な関係になることへの漠然とした憧れがある。誰かとときめく心をわかちあい、長い時間をともに過ごすことは、完全に別の存在だった二人が水のように一つに混じりあって流れてゆくようなものではないか、と考えてきた。それぞれの人生に孕まれた秘密がそれぞれの前世や来世の秘密となって、ついには二つの存在がわずかな時間差で生まれた双子のようになってゆくことなのだと。

彼はつねに、学生や講師のような実際にはまったく親交のない他人たちのなかにいた。なんの関わりもないから、おつきあいする義務もない。それは、意見交換したり論争を繰り広げたり無目的な談笑をしたりする相手がいないという意味だ。複写を頼みに来る学生や講師たちと交わす、何ページ、何部複写、という言葉が一日をとおして交わされる会話のすべてであることが多かった。いつも地下の複写室にいるにもかかわらず、彼の顔を記憶している人は多くはないだろう。彼が他の誰かをどこかで見たことのある人だという目で眺めやるように、他の人びとも彼をそういう目で見た。彼は椅子に腰かけたまま開けはなしてある扉の向こうの廊下を眺め、ときおりにやりと笑い、笑ったあとになぜ笑ったのかをふっと考えこんで、かえって顔がこわばることもままあった。夏も冷気が漂う地下室で彼が感じるぬくもりといえば、緑のボタンを押すと放射される複写の光だけだった。ときには穴があくほどにその光を見つめつづけて、目がちかちかして涙がにじむこともあった。涙はすぐに乾いた。

縄で結ばれた二人は、パフォーマンスが継続された一年の間に友人たちの仲裁がなければ手のつけられないほどの敵対関係に陥ってしまった。彼らが縄で結んで分かち合った対話と言えば、縄を断ち切ってしまいたいとか、生涯相手を呪ってやるとか、そんな罵詈雑言だった。彼は本を閉じた。結局他人との間の完璧な親密な感情というのは憧れに過ぎず、人間は他人と少なくとも二メートル以上の距離を置かねばならぬ存在なのかもしれない。彼は、複写室のカウンターと学生や講師たちがひっきりなしに行き交う廊下との距離がおおよそ二メートルくらいではないかと考えた。彼はいつでも誰に対してもそのくらいの距離を保ってきた。その距離は複写室を訪ねてくる人びとと彼の間に横たわるカウンターの横幅とも同じだ。誰もカウンターを越えて入ってくることはなかった。

電車が入ってくる音に振り返ると、ひとりの男と目が合った。男がしばし彼を眺めやる。彼はすっと視線を電車に移す。電車の進入音が小さくなるにつれ、あたりも静まりかえるようだった。静寂を破って、不意にドンという鈍い音が聞こえた。男が電車に向かって身を投じたのだ。あちこちから悲鳴があがる。実際にそんな音を聴いたのだろうか、心許ない。彼の想像の産物なのかもしれない。

電車が不安な音を立てながら進み、やがて止まった。周囲がざわついている。プラットホームに立っていた人びとが集まってきた。電車に乗っている人びとは窓から覗き込む。機関士が慌てて線路へと降りてゆく。その顔色は血の気も失せて黒ずんでいる。制服姿の駅員数名が階段を駆けおりてきた。駅員の指示で電車のドアが開いた。ドアが開くと、待っていましたとばかりに乗客たちがどっと出てきた。乗客たちは茫然として立っている彼を押しのけて、線路のほうへと近づいた。彼らは自分の足元で人が死んだことが信じられないというように身をすくめて、不安げな表情で線路を見た。駅員と駆けつけてきた消防隊員が空になった電車を持ち上げた。うまくいかなかったのか、電車を後ろに動かさないとだめだ、という声が聞こえた。またもや電車が投身者の体を押しつぶすのは明らかだ。電車が後退していくにつれ、ため息のような悲鳴があがった。キーーーッと車輪が不吉な音を響かせた。その音に引き寄せられて、彼は線路のほうに近づいた。死体は無惨だった。ばらばらにちぎれて、破裂して、押しつぶされて、枕木の間に赤い血となって染みこんでゆく。血は染みこむほどに黒ずんで、やがてもとからあったしみに紛れた。

吐き気をこらえてあとずさる。彼は自分が男の投身を目撃するために振り返ったのではないかと思った。あるいは、男が、誰か自分の投身を目撃するのを待っていたのか。だからといって、男が彼に残したメッセージは何もない。唯一のメッセージといえば、立っていられないほどの痛みと震えのような身体症状として現れる恐怖だけだった。彼は震えを抑えることができず、ベンチにへなへなと座り込んだ。いつもの癖で時計を見た。電車に乗って九番目の駅に着いているくらいの時刻だった。遅刻だ。電車が正常に運行するはずもなかった。困惑した表情で周囲を見まわすと、新聞を手にした男と目が合った。彼は気おくれして視線をそらした。男が近寄ってきて椅子に座った。彼と男はシーソーのようにベンチの両端に離れて座っている。「今読んだ記事なんですがね」。男が震える声で言う。「この都市では一日に平均二七四名が生まれて、一〇六名が死ぬんだそうです。一〇六名のうちの一人が自分の目の前で死んだのは初めてです」。男が手にしていた新聞を落とした。ちょうど二人の前を急ぎ足で通り過ぎようとしていた者が新聞を蹴った。彼は自分の前に蹴り寄せられた新聞を拾い上げた。男に手渡そうとしたところで警官が近づいてきた。「現場に居合わせた方ですね？」。彼がうなずく。「参考人としていっしょに来ていただかねばなりません」。今度は首を横に振った。「無理です。午前中に重要な仕事がありますので。遅れるわけにはいかないんです」。警官が頼むようにして、同行してください、と言った。彼は約束を破ることはできないと言い、なにか質問があるのならば、いまこの場ですぐにしてほしい、と答えた。警官が今度は威圧的な口調で言う。「投身事件の場合、近くにいらっしゃったとすれば、おのずと疑いを招くこともありうるのですが」。彼はもう一度、午前中の仕事はとても重要なのだ、と繰り返した。重要な約束などあるわけもない。唯一の重要な日課と言えば、正午に構内食堂で定食を食べることだけだ。警官はしぶしぶと身分証と連絡先を確認すると彼を解放した。

死体の回収を待てば時間がかかる。遅刻するわけにはいかない。彼はおもむろに駆けだし、駅を飛び出してタクシーをつかまえた。運転手になんとしても時間に間に合わねばならないのだと泣きついた。タクシーに乗ってはじめて男の新聞を手に握ったままでいることに気づいた。タクシーは道路に落ちるビル群の影の上を走り出した。八時三十八分の電車に乗れなかったのは初めてのことだ。初めて定時に複写室の扉を開けられないことになるだろう。初めてあたふたと人文学部へと向かう長い階段を駆け上がり、初めて複写室の扉の前で客を待たせることになるだろう。手にした新聞を扇子がわりにしてあおぐ。新聞はひどく皺くちゃになっていた。いっこうに汗が引かない。タクシー料金は一か月分の電車賃にもなった。それほどの代価を払ったのに、時間には間に合わなかった。出勤時間帯でもあり、いつもひどい渋滞の幹線道路も通った。彼はふだんよりも三十分遅れで複写室を開けた。扉を開けるまで心臓がバクバクするほど慌てた、が、世の中は彼が生涯初めて複写室に遅れて現れた事実を知らぬまま、ひっそり静まりかえっていた。もう授業ははじまっている。行き交う者もほとんどいない。彼はむやみに扉の前をうかがいみて、廊下をうろうろとした。ほどなく授業が終わったのか、複写をしにくる者が現れた。急ぎのものではなかった。それからはぽつぽつと複写をし、A4用紙を売り、製本依頼を受け、複写機の手入れをし、製本図書を売った。空腹ではなかったが構内食堂に行き、定食Aセットを食べた。正午になったからだ。

昼食を終えて戻ると、コンピューターに保存しておいた映画を観た。ボリュームはできるだけ小さくする。学生たちはいつ複写室に入ってくるかわからない。ある映画はときどき、またある映画はしばしば情事の場面があった。学生たちの間で変な噂が流れると困る。彼は二年前から『死ぬ前に必ず観なければならない一〇〇一編の映画』という本で紹介された映画を一編ずつ観ていた。誰かが製本を頼んでおいて取りにこなかった本だ。ある男子学生が、一部のみの製本はできないと言ったら仕方なく二部頼んだものなのだが、一部すらも取りに来なかった。製本を頼んだのが誰なのか、よく覚えていない。彼は流し読みでページをめくり、タイトルや収録されている写真が気に入れば映画についての説明をじっくりと読んだ。そうこうするうちに、ふっと、自分は死ぬ前に何をしたいのか一度も考えたことがないことに思い至った。不意に地下の複写室のひんやりとした空気を感じた。彼はこれからもずっと複写室で過ごさねばならないだろう。紙で指を切ってしまうのが唯一の負傷であるような場所で、複写の光に慰められながら、十ウォン単位の小銭を几帳面に渡しながら。

彼は見た目には美しい体ではないけれども、長期の治療を要する病気になったことはない。紙ぼこりやトナーの粉のせいか、しょっちゅう喉風邪をひくけれども、何錠か薬を飲めばなんとかなる程度のものだ。まだ治癒力のあるほうだから健康と言えるだろう。彼は自分が死ぬ前にやりたいことが何なのか、考えてみることにした。欲望を整理してみれば、長生きしたくなるかもしれない。そう長くは考えつづけられなかった。学生二人がいきなり複写をしに入ってきた。彼は学生が差し出した資料を複写機にセットすると緑のボタンを押す。複写光が漏れ出て彼の顔を照らす。学生のうちのひとりが、彼が読みかけて伏せておいた本のタイトルを指さして友達に言った。「一〇〇一編だってさ、それを全部観ようとしたら、観終わるまでに死んじゃうよ。死ぬつもりで観るってわけだな」

彼はくすりと笑った。死ぬまで映画を観るのも悪くはない、そう思ったからだ。彼は映画好きというわけでもない。せいぜい週末にテレビで流れる映画を観るくらいのものだ。今まで観た映画のうちで、その本に出てくるものはほとんどなかった。複写物を二人の学生に手渡しながら、彼は死ぬまでこの本の中の映画を一つ一つ観ていこうと心に決めた。映画を観ながら死ぬのなら、少なくともベッドか椅子に座って死ぬことになるだろうから。

彼の両親は、ふつうならば避けたい死に方で客死した。登山が好きだった父親は、よく知りもしない薬草を採ろうとして無理に斜面を登って事故に遭った。同行した方から後に聞いた話によれば、父親が採ろうとしたものは薬草ではなく桔梗だったという。母親は高速道路で亡くなった。叔母と一緒に父親の墓所に行った帰り道のことだった。いきなり道路の真ん中でエンジンが停止してしまったのだ。母親と叔母は非常灯をつけてなんとか路肩に車を寄せた。その間も多くの車が轟音をあげて凄まじい速度で通り過ぎていった。路肩にたどりついた母親と叔母は死地を脱した思いで安堵した。母親は保険会社の担当者を待つ間の手持無沙汰に耐えかねてボンネットを開けてみた。「機械って本当に複雑なのねぇ」。黒い機械の塊を眺めつつ母親は言ったことだろう。「いくら複雑とはいっても、人の心みたいに複雑かしらね」。叔母がそう言いはしなかっただろうか。二人が機械を見ながら交わすお約束のやりとりだ。母親が叔母の言葉を聞くことはなかった。体を起こそうとしたその時、前の車を追い越すために路肩に侵入したトラックにはねられた。両親が亡くなると、彼は二人が経営していた複写室を引き継いだ。学校を卒業してから仕事もなくぶらぶらしていたので、他の選択肢はなかった。週末にときおり両親の墓所にお参りするのが唯一の外出だ。墓石を覆う土ぼこりを撫でるように拭きとり、ぽつぽつと生えてくる雑草を抜いた。墓所は山の中腹にあった。墓所がある場所から山の頂上の方へと少し上ってゆくと、水質の良い湧き水があると聞いたが、行かなかった。薬草などわかりもしないし、たとえ誰かが教えてくれたとしても危険を顧みずに採ろうなどは思わない。どんな症状であれ、西洋の薬で充分だ。高速道路では必ず規定の速度を順守して、路肩を走ったりはしない。車は定期的に点検に出し、少しでも異常があればすぐに修理に出す。

　リストにある映画をひとつずつ消してゆくときには、心が満たされるようだった。ある映画は、退屈で意味がよくわからないという評価とは異なり感動を与えてくれた。またある映画は、くだらなくて死ぬほどつまらなかった。それでも最後まで観る。仕事の合間に観たり、決められた時間のあいだは仕事をして、帰宅後にソファに横になって観ながら眠りにおちたり。そんな暮らしもそう悪くはない。ちょうど観はじめたばかりの映画はモノクロで台詞がほとんどなかった。俳優たちの表情や背景もあまりに変化に乏しい。耐え切れずにうとうとしているところに、誰かが彼に声をかけた。

　カウンターの上には数十ページにもなる複写物が置かれていた。「映画を観てらっしゃるんですね」。男の言葉に彼はきまりの悪い表情を浮かべて体を起こした。今度はひと目で男が誰なのかがわかった。同じ通勤電車に乗っている、構内食堂で会ったあの男だ。複写物には文字がびっしりと並んでいた。いまはじまったばかりの授業で配らねばならない資料のようだ。ふつうは学生の代表にやらせるものなのだが、みずからやってきたところを見れば、堅物の講師なのだろう。彼は緑のボタンを押して複写機の前に立ち、じっと黙って複写の光を浴びた。だんだんと眠気が消えてゆく。「警察から」、ウワンウワンと音を立てて動く複写機に負けぬ大きな声で男が言った。「電話がなかったですか？」。彼が男のほうを振り返る。男の前髪が汗で湿って額にぺたりと貼りついている。紺の背広がくたくたにくたびれているからだろうか、男は疲れているように見えた。「電話ですか？　なかったですけど」。彼が答えた。「私にはずっと電話がかかってきています。参考人調査に応じろと言うんです。何度も電話がかかってくるから、助教が不審に思っているみたいなんですよ」「電話を切っておけば済むことじゃないですか」「そんなことをして学校まで来られたら、私の立場がありません。教授たちも妙に思うのではないですか」「警察がまさかそこまでやりますか？　私たちが突き落としたわけでもないのですから」「もちろんです、私たちが突き落としたわけでもないのですから」。男が力ない声で彼の言葉をそのまま繰り返した。彼は何も言わずにうなずいた。不意に男の皺くちゃの新聞のことを思い出した。複写室まで持ってきた新聞をどこに置いたのだか、どうにも思い出せない。新聞を探して体をひねった勢いで複写機の緑のボタンをまた押してしまった。止まっていた複写機がウワンと音をあげて動いた。あわてて取消ボタンを押して、複写部数を修正する羽目となった。めったにない失敗だった。彼は部数がきちんと合っていない最後の部分を取り出し、どこまで複写ができているか確認してから無駄になった紙を捨てて、もう一度複写にかけた。複写機が黙々と紙を吐き出す。閉じたカバーの隙間から青い光が漏れ出て、彼の顔を照らす。人が死ぬと、その人に残されていた光が外に漏れ出るという。今朝、駅でも、彼の目には見えない光がしばし虚空に漂っていたことだろう。

駅を出ようとしていた彼は、反対側の出口を通って毎朝八時三十八分の通勤電車に乗るプラットホームに降りて来た。いつものように二番車両の三番乗降口の前に立った。午後六時五十八分だった。つまりちょうど十時間二十分ぶりに、朝いた場所に戻ってきたというわけだ。十時間二十分。彼はその時間を忘れまいとするかのように何度か呟いた。そのあいだ何をしていたんだろう。慌てて複写室の扉を開き、いくつかの本を製本し、製本しおえた本を売り、本と資料の一部を複写してやり、なにかと紙が詰まる複写機の手入れをし、正午になるとA定食セットを食べた。それから合間合間に映画を観て、映画を観ながら居眠りして、何ページだったか複写をして、紙が詰まる複写機の手入れをして、製本しおえた本を売り、幾冊かの本を追加で製本した。構内食堂の定食Aセットを基準に、彼の一日は転写画《デカルコマニー》のように午前と午後が瓜二つに反復した。午前と午後だけではない。深夜十二時を基準にすれば、昨日と今日が、週末を基準にすれば、先週と今週が、年末を基準にすれば、昨年と今年が同じだった。とすれば、すべての未来は過去と同一の時間のようだった。現在が過去と同じであるように、未来は現在と同じなのだろう。いつだって同じなのだ。そう思うと小さなため息が漏れた。が、すぐに、いつも変わりがないのはいいことだと考え、ため息をのみこんだ。

ぱらぱらと立ち並ぶ人びとは電車を待つというよりは、夕陽が落ちる風景を眺めているようだった。円いアーチ形の駅舎の屋根の外を日が沈みゆく。彼は人びとと離れてぽつんと立って、沈む夕陽を眺めていた。赤く染まった空がゆっくりと駅舎に降りてくる。赤い気配が染みこんだ線路の枕木は、長い歳月を経た古木のように堅牢に見える。それが次第に秘密を抱えこむかのように黒ずんでゆく。信号音につづいて電車がけたたましい音を立てて停車した。電車から人が降りる、ホームで待っていた人びとが乗る、降りた人びとはぼんやり立っている彼を押しのけて出口のほうへと、勢いよく流れでてゆく。電車と乗客が去ってゆく。赤い気配もすっかり消えて、駅に薄闇が漂う。

彼は線路のほうに近づいた。事故処理の後に人びとは電車に乗り、誰かが轢かれて死んだレールの上を通って職場に行ったのだ。仕事の約束の場所や、就職の面接の場所のようなところにも、家族のいる家に帰るのにも、愛をする人に会いにゆくのにも、機嫌を損ねた人に赦《ゆる》しを乞いにゆくのにも、レールの上を通って行ったのだ。電車の巨大な車輪をとおして、しみのついた枕木をぐっと踏みつけながら。枕木には点々と黒いしみが残っていたが、それはどこにでもあるようなしみだった。どれも朝の事故の痕跡には見えなかった。誰かの息があっけなく絶えて、体は砕け散り、ただしみとなって、あとには誰にも気づかれることない光が虚空を漂っている。なのに、何ひとつ変わりはない。十時間二十分前とけっして同じではないのに。

入口の近くに座っていた警官が、どういった用件で来たのかと尋ねた。彼は気後れした。複写機の電源を全部切って、蛍光灯も消して、複写室の扉を閉めて鍵をかけたとき、携帯電話が鳴ったのだった。見覚えのない番号だった。警察からずっと電話がかかってきているという男の言葉を思い出し、迷ったすえに出なかった。こうなるとわかっていたなら、電話に出て、警察署のどこに行けばいいのか聞いておくのだった。彼はためらいつつも、今朝の事件の目撃者だと言った。「今朝ですか？　何の事件ですか？」。警官が戸惑った表情で聞き返す。「八時三十八分に駅で……」。彼が言い終える前に「投身したじゃないか、駅で」と別の警官が言葉を継いだ。そして担当者を教えてくれた。担当の警官もまた訝《いぶか》しげに、どういった用件なのかと尋ねた。彼は口ごもりつつ、警察から電話があったんです、と答えた。「電話ですか？」と警官が問い返す。彼は自信なくうなずいて言った。「事故について陳述すべきことがあります」。警官は怪訝な顔で彼を個室に招じ入れた。「死体の引渡しも終わったというのに、いったい誰が参考人調査のために電話なんかするというんだ」。警官が独り言のようにぶつぶつと言い、事故当時の模様を撮影した監視カメラの映像を見せる。「さて、あなたはどこにいらっしゃるのですか」。警官が尋ねた。彼が画面の中の自分を探し出せずにいると、警官が画面と彼をかわるがわる見て、画面の上の方をトントンと指で叩いた。

画面の中の彼は実に小さい人間に見えた。短い首はほとんど見えない。人というより、たった二つのパーツでできた外国の民俗人形のようだった。人びとは金魚鉢の中の金魚のように、静かに、休む間もなく、体を動かしていた。画面の中の自分もまた同じだった。いつもじっと黙って本を読んでいて、電車が来たら乗る、それがすべてと思っていた。だが、本を覗き込んでいるのはわずかな時間だった。彼は線路を見たり、本を見たり、電車の来るほうを見たり、電光掲示板を見たり、時計を見たり、隣の人を見たり、あとずさって後ろの人にぶつかって謝ってまた本を見たり、せわしく体を動かしている。電車が光を吐きだしながら駅のなかへと入ってくる。そのとき、ひとりの男がひらりと飛び降りた。それから先は彼がよく知っていることだ。

電車が入ってきてすべてのことが終わろうとする瞬間、警官が画面を巻き戻した。電車は間違って登場した俳優のように素早く画面の外に消え、人びとはちょこちょこと後ろ向きに歩いている。男は超能力者のように後方に身軽に、ひと息でレールからプラットホームへと飛び上がった。時間をさかのぼってふたたびプラットホームに立った男は、新聞を読んでいたと思っていたのとは違って、ただ新聞を握りしめて、ぼんやりと電車がやってくる方を見ていた。光に憑かれたように電車をじっと見つめていた男は、周囲を見まわし、そして線路へと飛び込んだ。男が線路へと消えた直後、人びとが右往左往して集まってくるその間に、彼が腰をかがめて、また起き上がるのが見えた。画面上では腰をかがめて何をしているのかは見えない。彼にはわかった。男が飛び降り、彼は自分の足元に飛んできた男の新聞を拾った。新聞はひどく皺くちゃになっていた。手に力を込めて握りしめていたのだろう。警官が画面を拡大した。画質が落ちた。「このときに助けることもできたんでしょうに」。警官が残念そうに画面をトントンと叩いた。もう何度もその画面を見たかのようだ。その言葉につづいて、電車が男の飛び降りたところを通過した。人びとが二番車両のほうへとどっと集まってきた。機関士と駅員たちがうつろな顔で右往左往している。人びとが線路のほうを見おろしている。驚きで歪んだ顔で振り返る人びとが画面に捕えられていた。

ぐるりと取り巻くように集まった人びとの中から抜け出てくる彼が見えた。彼はしばし狼狽《うろた》えた様子で立っていたが、やがてベンチの端に腰かけた。ぼんやり座っているように見えたが、実のところは、時計を見て、何に乗っていくべきか考えていたのであり、少し考えを整理しようと皺くちゃの新聞を覗き込んでいた。新聞には、数字で見る一日という見出しのもと、各種統計が掲載されていた。彼が暮らす都市では一日に平均二七四名が生まれ、一〇六名が死ぬと書かれている。一〇六名のうちの一人が自分の前で死んだのは初めてだと彼は思った。ひとりぽつんと座っている彼に警官が近づいてきた。彼は二言三言何か言うと、不意に立ち上がって逃げるように階段を駆けあがった。それから画面は右往左往しつつ二番車両の前に押し寄せる人びとを映していた。警官が、画面の中からいま抜け出してきたばかりのように言葉もなく座っている彼をじっと見ている。「おっしゃりたいことというのは何でしょうか?」「ですから、あの人が落ちたとき」、彼が渇ききった唇をなめる、「私はあの人が落とした新聞を拾いました」「新聞ですか?」、警官が監視カメラの映像を切って言った。画面が一瞬のうちに真っ黒になった。

「そんなものはさっさと捨てておしまいなさい」

朝八時三十八分発の電車以外に、他の時刻の電車に乗ることはほとんどなかった。ときに所用で市内に出なければならなくなると、車で出たり、車がだめなときにはバスに乗った。電車に乗ってしまうと複写室に行かねばならないような気分になるからだ。電車がゆっくりと動きはじめた。窓に彼の顔が映っている。疲れているように見えるが、毎夕の疲れと特に変わりはないようだった。走る電車の速度に合わせて心臓が速く打ちはじめる。最初はゆっくり、しまいには手で押さえて鎮めないといけないくらいに速く。何かが彼を引っ張っているような感覚だった。しみと光とため息として残された何かが。彼は足にぐっと力を入れる。足がつってしまうほどに痺れた。心臓の拍動は落ち着いてきた。彼は、男が染みこんでいった枕木を自分がもう通過したことを知った。

夜の地階は冷たく湿っていたが、むしろ涼やかに感じられた。しっかりと閉じた複写室の灯りをすべて点けてから、扉をぱっと開ける。暗い廊下に光が広がった。彼は反故《ほご》紙を集めた箱のほうにゆく。数日分の反故紙を集めてあるが、それほどの量ではない。複写機に問題があって用紙が詰まらないかぎりは、失敗することはほとんどなかった。午後に男が頼んだ複写をしながら彼は何枚か失敗して、反故紙を作っている。一枚一枚取り出して見てみたが、男が頼んだ資料を見つけることができなかった。びっしりと文字で埋め尽くされている文書だったというのが唯一の手がかりなのだが、ほとんどの反故紙がそうなのだ。「私たちが突き落としたわけでもないのですから」。彼の言葉をそのまま繰り返した男の声が耳元で聞こえるようだった。疲れた表情をした男の顔が思い出された。反故紙の箱の底から新聞を探し出した。すっかり皺くちゃの新聞だ。彼は新聞をふたたび箱に入れ、複写室の扉に内側から鍵をかけた。締め切った扉に廊下から吹いてくる風がぶつかる音が聞こえる。それはまるで誰かが複写室の扉をコンコンとノックしているかのようだ。風だということはわかっている、なのに、ときおり、わざとらしく固く閉め切られた鉄の扉を眺めやり、外に誰かいるのかと尋ねた。答える者は誰もいなかった。

夜を明かした彼は定時に複写室の扉を開けた。ぱらぱらと学生たちが来た。何枚か複写をしてやった。製本しておいた本を売り、製本図書がなぜこんなに高いのかという不満の声を聞き、そういうときには何も言わずに微笑を浮かべて釣銭を渡した。メンテナンスを受けてから時間が経つからだろうか、複写するたびに黒い線が出る複写機を時間をかけて直した。母親の言葉どおり機械は実に複雑ではあるが、叔母の言うとおり人間の心ほどは複雑ではないと思う、だから直すこともできる。注文しておいた紙とトナーが届いた。紙はサイズごとに数量が合っているか、トナーは色とサイズが合っているか、確認して注文書にサインをした。

そのうち正午になった。空腹ではなかったけれども、人文学部構内食堂に行って食券を買った。キムチのほかに三種類のおかず、わかめの和え物と焼きサンマと春雨の炒めものをトレイいっぱいに載せた。ふっと昨日は何を食べたのか思い出そうとしたが、どうしても思い出せない。どうせ今日食べたものもたちまち忘れてしまうのだ。彼はトレイを持っていつもの柱の陰の席へと向かう。水を飲んで、ゆっくりと食べはじめる。

クリーム色のソファの部屋

痩せぎすのジンが緊張した様子で国道の下の方を見おろしている。風が吹くたびに草むらが揺れた。ジンから二十歩ほど離れたところでソが生後百日ほどの赤ん坊を抱いている。あたりには古びてがたがた震える黒い車が一台、そして一面に広がる水田、それだけだ。車を走らせるほどに人家は消えゆき、いまはもう水田しかない。ときおり車が行きすぎる。そのたびに乾いた土ぼこりが舞いあがり、咳き込んだ。

ジンが車を止めたのは、不意に出現した獣のためだった。いきなり鹿が一頭、飛び出してきたのだ。急ブレーキをかけた車がガタンと大きな音を立てた。ソが悲鳴をあげた。赤ん坊が目を覚ました。ソは赤ん坊をあやそうと車を降りた。ジンも降りた。獣がまた飛び出してきて、妻と赤ん坊を怯えさせるかもしれない。鹿ではなく、犬か猫だったのかもしれない。道路に飛び出してきて、大きな体でポーンと跳ねたさまを見て鹿だと思ったのだ。こういう田舎道では不意に飛び出して車に轢《ひ》かれて死ぬ動物が多いという。

獣はどこに消えたのか、姿が見えない。草むらがむやみに上に下にと揺らめいている。草むらのほうから少しでも音がすると、ジンはびくっとして足に力を入れる。何かが飛び出してきたなら、瞬時に車に逃げ込む心づもりだった。鹿どころか、他の大きな獣であったりしたなら、ソと赤ん坊のもとに駆けつけねばならぬ。そのことが頭をよぎるのか、しきりに妻のほうに目をやる。

じめじめした日だった。六月初旬にしてはひどく蒸す日だった。いまにもざーっと雨が落ちてきそうだった。ソは長袖の袖をまくりあげていたが、だらだらと汗が流れている。黒い髪が額にぺったりとはりついている。胸元が汗で濡れて下着が透けて見えた。いたいけな赤ん坊がソに抱かれてぐずっている。ソは子守唄を歌いつづける。子守唄の声に合わせて赤ん坊が泣き声をあげる。赤ん坊は寝つきが悪かった。抱いてなだめすかしてようやく寝入る。汗で濡れてぺたりとはりつく髪、途切れることなく歌いつづける口、規則正しく赤ん坊を揺らす腕。ソはまるで田舎女のようだ。ソがジンに向かって何事か叫んだ。ソの声は二人の脇をスピードをあげて走りすぎる車の音にかき消された。手ぶりを見れば、もう出発しようと言っているようだ。

彼らはソウルに向かっていた。八年間暮らした小都市を離れて、越してゆくところだった。ジンは口を大きく開けてあくびした。あくびするジンの口に羽虫が飛び込んだ。ジンはカーッと痰《たん》を地面に吐き出した。雨でも降ってくれたらいいのに。ソが車窓から空を見上げ、ため息を吐くようにつぶやくようにぽつり。こんな日には、とジンが言う。きまって雨は降らないものなんだ。

ジンはエンジンをかける前に草むらを振り返った。さっき飛び出してきたのは、本当に鹿だったろうか？　鹿はどこに行ってしまったんだ？　ふっと、車の前に飛び出してきたものなどなかったような気がしてきた。草むらが揺れたのはきっと風のせい。疲れて、一瞬うとうとして、あらぬものを見たのだ、そうだ、消えてなくなったと思ったものは、最初からなかったのだ。そう思いはしても、依然としてなにかが背後にいるようなぞわぞわする感覚が残っている。ジンは前方の道路をカッと目を見開いて見つめる。黒い幻を二度とふたたび見るまいとするように。何かがフロントガラスに落ちてきて、ジンの視野が滲《にじ》んだ。思いもよらず雨が降り出した。ジンはタオルを取り出し、フロントガラスを拭った。タオルを助手席に放り投げ、エンジンをかける。すぐにエンジンはかかったけれども、ワイパーがぴくりとも動かない。ジンはワイパーのスイッチを切って、またつける。ガラス窓を流れ落ちる雨がだんだんと激しくなる。雨で道が見えなくなった。「故障したの?」ソが尋ねた。赤ん坊がぐずって泣きだした。「ああ、故障のようだ」。どうしようもない。そんな気分だ。どうせ故障するならもっと前にしてくれたらいいものを、よりによって今なのか。ジンにとって車とは、その内部のことがまるでわからぬ黒い機械のかたまりに過ぎない。ただの一度もみずからの手で修理をしたことなどない。車のことならば、どんなにささいなトラブルでも解決してくれる者がいつも周囲にいた。その助けが得られないときには、近くのカーセンターに行く。オイル交換をしたり、タイヤをつけかえたり、ヒューズをとりかえたり、そんなことはすべてカーセンターの人間にやってもらえばよい。

雨がおそろしい勢いで車体を叩きはじめた。一刻も早く国道を抜けるしかない。「いったいどうしてこんな道に入り込んじゃったのかしら?」ソが不安な声で話しかける。「どうしてかって、わからないとでも言うのか?」ジンが突き放すように答える。「こんなに狭い道だとは知らなかったんです」「俺だって一度も走ったことのない道だよ。けど、おまえがこの道がいちばんはやいと言うから」。ソが赤ん坊に視線を落とす。赤ん坊は立ち上がって抱いてあやしてやらないと眠らない。ときおり車を降りてゆっくり歩きまわらねばならない。そうなると高速道路ではなく国道をゆくしかなかった。「ガソリンスタンドでもあるといいんだが」。ジンが雨で見通しのきかない外の様子を伺いながら、呟いた。「こんな狭い道にガソリンスタンドがあるわけないわ」。ソが鬱々とした声で言った。

盲者のようによろよろと車を走らせること二十分あまり。ようやく小さなスタンドの看板を発見した。ジンとソは同時にかすかに微笑んだ。降るはずのない雨が降ってきた。あるはずのないスタンドが現れた。泣きやまない赤ん坊の泣き声のほかは、心配事はもうない。

スタンドの近くまで行ってみてわかったことがひとつ。なんら問題の解決にはならないということだ。注油機は電源が落ちている。いつからその状態なのか、注油機を覆う防水布には埃が白く降り積もっている。事務所の出入口は壊れたまま開いている。正面部分が壊れて潰れて歪んだ自販機が風雨に打たれてガタガタ音を立てている。かつては大きく差しわたされていただろう屋根は、今ではかろうじて注油機を覆うくらいしか残っていない。

車をまわして出ようとしていると、廃墟としか思えなかった建物の中で誰かが動くのが見えた。やはりツイている。誰か助けてくれる人がいるかもしれない。ジンは車を停めて、ほんのわずかな軒下に飛び込んだ。骨組みばかりの事務所の中で若者が数名、酒を飲んでいた。彼らは突然現れたジンをただじっと見つめている。いつから飲んでいるのか、目が赤い。酒のにおいにまじって、正体不明の生臭いにおいが漂っている。どこかで嗅いだことがあるような、けれども何のにおいだったか、しかとは思い出せない。頭がくらくらするくらい強烈なにおいだ。「この近くにはありませんよ。かなり行かないとだめですね」。カーセンターはあるかとの問いにひとりの若者が答えた。ジンはどこか煮え切らない心持ちでそのまま立ち去ろうとしたが、ふと、その若者に車の修理はできるかと尋ねてみた。若者はパッと立ち上がった。一緒に酒を飲んでいた連中が親指を立てた。若者が肩をそびやかせて仲間を見た。

ボンネットを開いて中を覗きこむわずかの間に、若者とジンはずぶぬれになった。若者は虎の描かれた黄土色のTシャツを着ている。息をするたびに胸元の二匹の虎が大きく口を開けて唸り声をあげるようだ。ジンは若者の胸に描かれた二匹の虎を穴が開かんばかりに見つめた。若者が頭をあげるたびに、Tシャツにしみこんだ雨が流れ落ちて、まるで虎が涎《よだれ》を垂らしているかのようだった。

若者の前でもワイパーはピクリとも動かなかった。「何が問題なんでしょう?」ジンが尋ねた。「よくあることですよ。ヒューズがとんだか、まあ、そんなようなことです」。若者が車の中のソをちらっと横目で見て答えた。ソは赤ん坊に乳を含ませていた。「車のことは何もわからないものですから」。ジンの言葉に若者がいかにも面倒くさそうにのろのろと、ふたたびボンネットを開いた。

ジンは、最初のうちは若者が車の複雑な部品をいじくるのを見守っていたものの、やがて軒下に身を寄せた。若者たちの煙草の白い煙がジンの立っている軒下まで漂いだしてくる。雨音と風の音ではっきりとは聞こえないのだが、連中は卑猥な冗談で盛り上がっているようだった。ジンはこのあたりの若者たちのことはよくわかっている。八年間勤務した小都市からも近い場所だ。標準語とは違う抑揚で、よそとは異なる語源の言葉を使って、喧嘩しているかのように話す。喧嘩を売っているのか、冗談を言っているのか、区別がつかない。それゆえ誤解から本当の喧嘩になることもまれではない。そんな地域なのだ。似たようなレベルの学校を卒業する若者たちには、二つに一つの選択肢しか与えられていない。地元を離れるか、そのまま残るか。地元を離れる事情はいろいろだが、よりよいほうへと願う気持ちは同じだ。残った若者たちは巨大船舶会社の労働者になる。労働者にならない者たちは、労働者のための食料品店や遊興施設で働いて生計を立てた。地元を飛び出す瞬間をうかがいつつチンピラになるか、チンピラみたいにふらふら暮らしている連中もいた。ジンが思うに、虎のTシャツを着て、においのきつい煙草を吸う輩がまさにそれだった。関わり合って何もいいことはない。

そう思いつつも、ジンはその場を離れようとはしなかった。暴風雨のせいでだんだんとあたりが暗くなってゆく。こんな日にワイパーが壊れたまま車を走らせれば、田んぼに突っ込んでしまいそうだ。ボンネットを覗き込んでいる若者は、ジンにはまったくわからない機械に頭をずっと突っ込んだまま、ときおり乳房をはだけているソのほうに顔を向けてちらちらと覗き見る。色白で小柄なソは、赤ん坊を抱いていなければ、あどけなさの残る少女のようにも見えた。実際、ジンとはかなりの年の差だ。むしろ若者のほうがソよりもジンに年が近いかもしれない。ジンは不愉快だった。ソは若者の見ている前で乳房を出して赤ん坊に乳をふくませているのだ。

「なおりましたよ。見かけほどは簡単な故障じゃなかったですけどね」。ジンは腰をかがめて車の中に手を伸ばしてワイパーのスイッチを入れてみた。ワイパーがきゅっきゅっと規則的に動く。ジンは若者にありがとうと言った。「それだけですか?」。車のドアを開けようとしているところに若者が言った。何が言いたいんだとばかりにジンが若者を見る。若者が胸元の虎には似合わぬ純朴な顔でニコリとした。そして、親指と人差し指で丸をつくって、「誠意を見せてくださると思っていたものですから」。申し訳ない、とジンが詫びた。好意と取引の見分けもつかぬとは、なんともきまりが悪い。若者がスタンドの建物のほうをちらっと見やった。仲間の一人、髪を短く刈り上げたのが手招きしていたのだ。若者が駆けてゆく。ジンは上着から財布を取りだした。

誠意さえ見せればいいんだろ、でも、いくら払えばいいのか、考えだすと難しい。どうしようか迷いつつも、財布から1万ウォン紙幣を三枚。ソがぼんやりとした目で見ている。赤ん坊はちゅうちゅうと乳を吸い尽くそうとしている。財布をしまおうとして、ジンは紙幣を一枚すっと抜いて財布に戻した。カーセンターに行ったとしても二枚も出せば十分だろう。

　ジンは事務所の中に入っていった。雨が降っているからか、廃屋独特のにおいなのか、さっきよりもぷんと鼻につく。煙草のにおいにしてはキツい、ひょっとすれば大麻のようなもののにおいかもしれない。そういえば、国道のあたりで群生している大麻についてのニュースを見た覚えがある。群生地は警察の目をかわすために雑草の茂みのなかに紛れていた。参考画面に映し出された大麻は、ジンの目には、のこぎりの歯のような形の葉っぱと緑の茎のそこらによくある草木にすぎなかった。ジンは若者の手に金を握らせた。若者が渡された紙幣をすぐに開いてみる。そしてジンがまだそこにいるのに、まるでいないかのように、たった二枚の紙幣を広げて振ってみせた。ジンは、いったいあれは馬鹿にされるような金額なんだろうか、と思いながらそそくさと事務所を出た。車に乗る前に割れた窓ガラスごしに若者たちをちらりと見た。何人かと目が合った。若者たちはジンに向かってうつろな目で煙草のけむりを吐き出したり、歪んだ笑いを浮かべたりしている。車を直してくれた若者は紙幣を口にくわえ、二匹の虎の絵の上に手を置いて、ソの乳房をかたどっている。胸に手を置いて円を描くようなあの手つきは、そう思って間違いない。

　ジンは若者らにはもちろん、ソにも腹が立った。なぜ、よりによってあのときに乳をやらねばならなかったのか理解ができない。ソがふだんから自分以外の男たちによく笑いかけ、親切でもあることに思いが及んだ。「ちゃんと躾《しつ》けろよ」。ジンの年若い妻を見た者たちはきっと一言、そう口にするのだ。それはジンとソの年の差を指してのキツい冗談だということはよくわかっている。それでも、そんな言葉を聞けば、まるでソが淫らなふるまいをしたかのようで、気分を害した。

ソは支社の契約社員だった。ジンはソの言葉の訛《なま》りがひどくないことがなにより気に入った。その都市の生まれらしくもなく、喧嘩腰のような物言いをせずに、ささやくような声で穏やかに話すのもよかった。独特の抑揚を隠そうとしているのが可愛らしくもあった。ジンはいつも社宅で独り過ごしていたから、結婚するにはベトナムか朝鮮族が暮らす中国の延辺に行かねばならぬようにも思っていた。求婚して断られたとしても仕方のないこととも思っていた。ベトナムや延辺の女たちはいまも引く手あまただろうから。求婚を受け入れるまで少し時間はかかったものの、幸いにもソは承諾してくれた。ジンとしてはよく知らない国籍の女に言葉を教えながら暮らさずにすんだのが、なににもましてよかった。「もう済んだんですか?」ソの言葉にジンはむっとして怒鳴った。「服ぐらいちゃんと着ろ」

いざ車を出そうとしたそのとき、若者が車の前に立ちはだかった。若者の髪は雨に濡れ、ぽたぽたと水がしたたっている。降りようか、そのまま行ってしまおうか、どうしたものか。ジンは窓を開けた。「壊れたワイパーでこんな雨の中を走ったなら、大変なことになっていたでしょうに」。雨の音に負けじと若者はほとんど叫んでいる。「あのくらいで十分だと思ったんだが」。ジンが小声で呟く。若者が聞き返してきたなら、根負けしたかのようにしてもう少し金を渡すつもりだった。「場合によっては」、若者が開いた窓から手を差し込んでジンの胸倉をつかんだ、「十分な金額だろうね。俺らはあんたを助けてやったんじゃないか。ガキの使いをしたわけじゃないんだよ。ましてや、こんなはした金で飴でも買ってしゃぶって喜ぶようなガキじゃねえんだ」

こういう輩というのはどこかに出てゆく夢ばかり見ているうちに、自分を責めて小さくなって、びくびくして、ひねくれてしまった、そういう部類なのだと、ジンは理解した。損をしたり、人の言いなりになるのがいやで、ことさらにヨソの人間に強く出る、そんな部類の人間だとも思った。そういう輩はひとりのときはどうということはないが、群れると危ない。ジンはできるだけ穏便にすませたかった。なにしろこの都市を離れつつあるところなのだから。夢にもこの道を二度と通ることはないのだから。

ジンはバックミラーに映るソと赤ん坊を覗き込んだ。ずっとぐずっていた赤ん坊がまるでジンとの決意を見守るかのように静かにもぐもぐと口を動かしている。ソはぼんやりとした顔でジンと若者をかわるがわる見ている。ジンはできるかぎり卑怯なことをせずに生きてきた。それは、勇気を要する場合にそのようにしたということではなく、できるだけ卑怯になりそうな状況をつくらないよう努力してきたということだ。「こんなことをするよりも」、ジンは胸倉をつかむ若者の手を穏やかに握った、「どんなふうに誠意を示したらいいのか、教えてくれたほうがいいんじゃないか?」若者がニヤリとしてすっと手から力を抜いた。ジンは財布を広げて若者に見せた。引越センターに払う残金と引越の諸経費のための金が財布にたっぷりと詰まっていた。若者がそこからざっくりと金を抜き取って言った。「これが誠意のしるしだろ」。いくら抜かれたのかわからなかった。どうせ今夜には消えてしまう金だ、とジンは思った。若者はあいさつがわりに窓ガラスをコツコツと叩いて、なにごともなかったかのように自分の仕事へと、つまり、煙草だか大麻だかを吸って、酒を飲んで、仲間うちで猥談をして、ときおり網にかかった者たちをゆするために、廃墟になっているスタンドへと戻っていった。

ジンは急いでエンジンをかけてスタンドを出た。スタンドが見えなくなるところまで来て、ようやく大きく息をついた。待ちかねていたかのように赤ん坊がむずかりだした。ジンはむずかる赤ん坊の泣き声を聞きながら携帯電話を取りだす。「なにをしているんですか？　早く行かなくっちゃ」。ソが急かした。「警察に連絡するんだよ」。通報するのは、そう気の進むことでもなかった。二人はいま別の都市に向かっているのだし、あと少しで到着するのだ。警察に通報することで時間を浪費する必要もなかった。「どういう理由で通報するんですか？　修理費をぼられたから？　胸倉をつかまれたから？」ソの言葉にジンは何も言わずに前を見た。

雨が激しく降る国道にはあちこちに水たまりができている。水たまりに突っ込めば水が跳ねたりもするだろうが、このまま走っていけばなんとかなる。電話を切ってもう一度エンジンをかけようか。そう思った瞬間電話の向こうから「もしもし」。声がした。札を口にくわえて乳房を思わせる手つきをしていた若者の姿がよみがえった。若者が笑うたびに腹が揺れ、揺れるたびに虎が吠えた。電話の向こうの声が強い調子で呼びかけている。「どうされました？」ジンは若者たちを大麻事犯として通報した。若者たちの人相風体とガソリンスタンドの位置を伝えた。「違ってたらどうするんですか？」ソが心配そうに言う。「間違いないよ。普通のにおいじゃなかった。あの目、見なかったのか？　みんなすっかり瞳孔が開いてたじゃないか」。ジンが車のエンジンをかけた。違っていたとしてもどうしようもない。もう二人はこの都市には二度と来ないのだ。若者たちに会うこともない。ワイパーが雨を拭いさってゆく。「しなくてもよいことをなさるんですね。余計なことです。ただお酒に酔ってただけじゃないですか」。ソが言った。「もう走ってるじゃないか。文句でもあるのか」。ジンがソのほうを振り向いた。ソが不満げに目をそらした。

ジンは急ぎたかった。このままでは荷物を積んだトラックよりもかなり遅れてしまう。「引越センターのトラックは順調に走ってるんでしょうね？」ソが自分たちの車を追い越してゆくトラックを見て、思わず尋ねた。「言うまでもないことを」。ジンが答えた。ソが心配しているのは、新しく買い揃えた家財道具のことだった。社宅では家具と家電製品は備え付けだった。新たな暮らしをはじめるために買うべきものも多かった。ジンが仕事から帰宅すると、ソはその日に買った家財道具の報告をする。ジンはソのようにうきうきと弾む胸のうちを悟られぬよう、二言目には無駄遣いをするなと冷ややかに注意した。ソは生まれ育った土地を離れる淋しさを買い物で紛らわした。色合いも派手で、いったい使い途があるんだろうかというようなディスペンサー付きの冷蔵庫をまず最初に買った。冷蔵庫と色を合わせてスタンド型のエアコンも買った。布団も洗えば殺菌もできるというドラム型洗濯機を買ったら電子レンジがついてきたと喜んだ。

もっとも力を注いだのがソファだ。社宅のソファは座るたびに音を立てて軋んだ。ぐるぐると渦巻き状のスプリングがそこにあるとわかるくらいに底板が傷んでいた。破れたソファの表面の隙間から、ボツボツと穴の開いた分厚いスポンジが飛び出している。社宅の物は会社の財産なので、勝手に捨てるわけにはいかない。修理をお願いしても管財課職員は、担当者が不在だから待ってほしい、としか言わない。ソは赤ん坊を抱いて床にじかに座るたびに腰が痛いと訴えた。スプリングの跡がついた、表面が破れてしまっている黒いソファを見るとソもジンも憂鬱な気分になった。それは不便で狭くて疲れる小都市の社宅の暮らしをまざまざと見せつけるものだった。ソは好みのソファを買うために何か所も見てまわった。何回もバスを乗り換えて家具を見に行った。境界を越えて隣の地方の家具団地にも通った。夢中になって探して、長い時間をかけて、クリーム色の四人掛け革製ソファに決めた。革がしっかりとしていながらも柔らかい。きれいに焼きあがったパイのように薄い牛革が重ね合わせられているようなソファだ。スプリングが体に当たるんじゃないかとか、板を重ねているんじゃないかとか、質の悪いスポンジが入ってるんじゃないかとか、疑念を呼ぶことのないソファだ。

作業員たちが引越の荷物をトラックに積むときになにより苦労したのが、引越前に社宅に届けてもらっていたソファだった。エレベーターにも入らないほど大きなソファだったので、作業員四人で七階から階段でソファを担いで降りた。ジンとソの新たな人生と言ってもよいクリーム色のソファが作業員の背の上で不安げに揺れて、あちこちにぶつかる。ジンはすすんで作業員たちを手伝ってクリーム色のソファを包んでいるビニールをしっかりと握った。力を振り絞ってソファを担いだ。傷のついたソファで新生活をはじめたくはなかった。

ソファをトラックに積むと、ジンは痺れた腕をさすった。ソファの重さに耐えられるほど若くはなかったのだ。支社での日々の多くは造船労働者たちがカンカンと打つハンマーの音や、飛び散る溶接の火花のなかに消えていった。耳がうわんうわんとなるほどのすさまじい騒音ではあったが、せいぜいが組立品を製造するか、船舶の一部を建造するくらいのものだった。ハンマーの音は耳鳴りを呼んで、ひっきりなしにジンの頭の中で鳴りひびいていた。ジンは支社で勤務するうちに、自分の世界が巨大な船舶の一部に過ぎず、労働者たちが製造する部品と変わりがないということを身をもって思い知った。そう思えば、もう若くはないことが幸いのように感じられた。若さとは、言うならば、通りすぎてきた過去の中にしか存在しない時間だった。かつてそのような時間が確かにあったはずなのだが、希望する人事を待ちのぞんで、上司たちに頭を下げ、上司の家の冠婚葬祭からつまらぬ行事にまで顔を出しているうちに少しずつ消尽していった。

結婚前は、ジンは休日や退勤後にはいつも社宅で過ごしていた。夜勤をすることもあったが、退勤は比較的早いほうだった。退勤して帰宅するとかならずテレビをつけた。終日ニュースだけを流すチャンネルだ。チャンネルを変えることはない。テレビの前に寝そべって、画面に流れるニュースならなんでも見る。週末には夕方から寝るまでテレビばかりを見ていた。たいてい退屈していたが、そう悪くもなかった。他の社員たちとはつきあいがあまりなかった。彼らはジンがいると口を閉ざすか、ジンにはわからぬ話へと話題を変えた。恒例の部署の飲み会では、ジンが帰ったあとに自分たちだけで申し合わせた場所で二次会をするようなありさまだった。つきあいは仕事に支障の出ない範囲で事務的に維持されていた。ジンは自分が管理職だからなのだろうと思っていた。それもすぐに違うとわかった。同じ管理職でも同郷の者ならば社員たちとすっかり打ち解けていた。実のところジンは本社にいたときも他の社員らとは距離があった。いまさら出身地など気にすることもない本社社員たちの間でもやはりジンは蚊帳の外だった。管理職でもないのにジンが輪に加わると、会話がぎこちなくなった。

それでもジンはこの八年間ずっとソウルでの生活を想い起こしていた。ぼんやりとテレビを眺める社宅の夜がいつまでも続きそうな気がしてくると、なぜだか本社で同僚たちといっしょに飲んだ冷たいビールのことが思い出された。工場勤務も終わって都市全体が静まりかえる深夜には、ろくろく行くこともなかった都市の中心街の騒がしい居酒屋での飲み会のことを思い出した。仕事に退屈し、支社の社員たちの間で疎外感を味わうたびに、ここでの勤務はしばしの間なのだと自分に言い聞かせた。いつかふたたびソウルに戻るはずなのだ。ほとんどのソウル市民と同様、ジンもまたソウル生まれではないが、ソウルを故郷のように思っていた。少しでも早く安定を手にするためにソウルを出たにすぎない。ソウルの外で暮らそうなんて考えは、はなからなかった。

支社勤務はジンが望んだことだった。志願するほかなかった。もし支社勤務を選択しなかったのなら、ジンは比較的若いうちに名誉退職を選択するしかなかっただろう。「一度支社に行ってしまえば、もうおしまいだ。いつ戻って来られるか、保証はない」。支社勤務を申し出たとき、ジンの上司は言った。ジンもそう思った。「いますぐに会社を辞めなくともいいだけ、ありがたいことです」。そうジンは言った。八年前ジンに忠告した上司はもう会社を辞めている。上司は万年部長のまま退職した。理事になるのは、支社勤務を経て本社勤務の辞令を受けるよりも当然に難しい。退職した万年部長がどこかでフランチャイズの食堂を経営しているという話を聞いたことがある。もしあの部長がまだ在籍していたならば、今度もジンに忠告したことだろう。「だからといって、部長を超えて理事にまでなるという保証もないからな」。ジンは今回もまたあのときのようにうなずきながら、こう言うことだろう。「いま本社への辞令を受けただけでも、幸運ではないですか」

まだそう走ってもいないというのに、いきなり車が止まってしまった。ジンはいじれるものはすべていじってみた。車はピクリともしない。ジンをからかうようにただワイパーだけがウィンドウを行ったり来たり。非常灯をつけて車から降りた。少し弱まりはしたものの、まだ雨は勢いよく降っている。遠くでサイレンの音がした。若者たちは有無を言わさず引っ張られていったことだろう。大麻事犯だったならいいが、そうでなくとも何も申し訳なく思うことはない。警察にしょっぴかれて、血を抜かれて、一回小便をするくらい、そうたいしたことじゃないだろう。ジンはボンネットを開けてみた。ひとかたまりの黒い機械に雨がぽたぽた落ちてゆく。若者の仕業にちがいない。直したふりしてなにかを壊したのだ。間違いない。あんなやつに金をゆすられるなんて、なんとも情けない。ぶつぶつ言いながら保険会社に電話をかけた。担当がやってくるまで雨降る国道の単調な風景を眺めていよう。赤ん坊を抱いて寝込んでいるソが目を覚ます頃には、国道の風景に退屈する頃には、担当が到着するはずだ。つつがなく修理を終えたら新居に向かえばいい。サイレンの音が近づいてきたかと思うとまもなく止まった。しばらくしてまたサイレンが鳴り、たちまち遠ざかっていった。

ジンは音が遠ざかってゆくほうを眺めやり、引越センターの作業員に電話をかけた。荷物を載せたトラックは料金所付近を通過中だという。ジンは荷物を乱暴に扱わないようにと念を押した。「ええ、ええ、高速道路での引越ばかり十年です。まったく心配ご無用ですよ」。作業員が答える。なめらかな口ぶりがかえって気に障ったが、ジンはよろしく頼むと言って電話を切った。トラックが先に到着するとわかっていたなら、おおまかな間取図を描いて渡しておけばよかった。しかたない。こういうことはあらかじめわかるようなことでもない。そういう意味では、いきなり出現する国道の路肩の水たまりのようなものだろう。せいぜい水をはねあげる程度のものもあれば、タイヤがすっぽりはまるほどに深いものもある。ジンは最悪でも車体に水がはねるくらいの浅い水たまりを通ってきたにすぎない。

どれだけ時間が経ったのだろうか。居眠りしたジンは電話の音で目を覚ました。赤ん坊が起きてはいけないと慌てて電話に出た。ソと赤ん坊は起きる気配がない。引越センターの作業員だった。いま到着したところです、と言う。ジンたちは高速道路と国道の流れがスムーズと思われる日を選んで引越日を決めた。思ったとおり道路はすいていた。ジンはソと一緒に新居の玄関を開いて、二人が暮らす未来へと入っていこうと思っていた。二人よりも先に到着した作業員たちが臭う靴を履いたまま家を汚して歩きまわるのだと思ったら、少し不快になった。「いい家ですね。眺めが最高ですよ」。お世辞も耳に入らない。ジンは荷物の整理をはじめてくれと頼んだ。「実は車がこわれちゃいましてね」「ああ、それは時間がかかるでしょう」。引越センターの作業員が心配そうな口ぶりで言う。車の故障をいいことに作業をサボるんじゃないか、とジンは考えた。「保険会社の担当がもう到着していて、修理の真っ最中ですよ」。ソが目を覚まして、ジンをじっと見ている。「ここからソウルまで三十分もあれば行くでしょうし、ソウルはもうよくわかっていますから」。作業員は、承知しました、先に作業をはじめています、と電話を切った。

ジンは伸びをして車の外に出た。トランクから大きな傘を取り出して差す。雨足はだいぶ弱まっていた。二人があとにしてきた都市の方を見てみれば、地平線のあたりに煙突がいくつも立っているのがかすかに見える。煙突の下には船のように頑丈で大きな工場の建物が何棟かあるはずだ。パイプと鉄製の階段と燃料筒が外にむきだしになっていて、無気味で生々しい感じのする工場団地をぶらりと歩けば、異界の都市にいるような気分になった。都市のすべすべした長方形の高層建築を見慣れているせいだ。

ジンは今度は進行方向を見やる。ジンがいる場所からはソウルはまったく見えない。山々の連なり重なり合う稜線が音もなく視野をさえぎる厚い壁となっていた。それはむしろ、ジンにとっては、騒々しい音を立てて火花を散らすハンマーや溶接の世界から脱出して、確かな形はないけれども揺るぎない、秩序も整然とした書類の世界へと入りつつあるということをひしひしと実感させるものだった。そこは、点々と現れる家々と果てしなくつづく田んぼ道、もやのかかった小さな湖、湖畔の似たような建物ばかりのモーテル群を過ぎて、びっしりと立ち並ぶ新都市の高層団地沿いにずっと走っていけばたどりつく、あの場所なのだ。今はまだ現実となって目の前に現れていないからこそ、そこはジンにとってなによりも懐かしく、心も落ち着くのだ。そこでジンは初等学校から大学までを過ごした。そこは公園でおずおずと唇を合わせた初恋の人の暮らす場所であり、両親が亡くなったときに抱き合って涙を流した兄弟たちのいるところでもあった。

暗くなりゆく国道と一面に広がる田んぼ、動かなくなった車、不意に降りだした激しい雨のせいで、ジンはまたもや馴染みぶかい世界から遠ざかったような不安に襲われた。その不安をさらに煽るように不意に電話が鳴った。引越センターの作業員からだった。保険会社の担当からはまったく連絡がない。ちくしょうめ、保険会社を変えるか、くそ、ジンはぶつぶつ言いながら電話に出る。「ソファはちゃんと測って買われたんですか?」引越センターの作業員が大声で尋ねた。

「居間に入らないんですよ」

ジンは初めて家を見に行った日のことを想い起こした。不動産業者が紹介してくれた家はきちんと片付いていなくて散らかった状態ではあったが、あたたかくて、穏やかで、洗練された印象を与えた。ジンは家を眺めまわし、ひそかにその印象がどこからくるものか考えた。クイーンサイズのベッドと大型の収納家具と化粧台のある寝室、キッチンには光沢仕上げのシンク台と濃い色の四人掛けテーブル、子供部屋には机と本が無造作に並べられた書棚。どれもとりたててどうということもない風景だ。居間の左手の壁際に置かれた大きなクリーム色のソファを見て、ジンはようやく気がついた。この家から受ける印象はこのソファからきているのだ。子どもたちがクリーム色のソファにごろごろと寝そべったり座ったりしてテレビを見ていた。お客様がいらっしゃるのに寝そべっているなんて！　という母親の形ばかりの叱り声に、子どもらはテレビに視線を釘付けにしたままのろのろと体を起こした。ソファは体をふかふかと包む布団のようだった。社宅の黒いソファのように軋んだり、スポンジが飛び出したり、腰痛になったりすることはなさそうだった。クリーム色のソファは壊れたスプリングや安物のスポンジのいやなにおいとは無縁で、清潔で、団欒《だんらん》の世界の一部だった。ジンはそのソファに寝そべっている子どもたちの穏やかな表情が、まもなくそのまま自分のものになるのだと思った。ソがクリーム色のソファを選んだのもそのせいではないだろうか。ジンはソに電話をわたした。ソは左手の壁にぴったり寄せて置くようにと指示した。電話はいったん切れた、が、またすぐにかかってきた。「すいません。ソファがその場所には入らないんです。どうしても居間に入らないんですよ」。冷蔵庫のためだという。キッチンが狭いので、居間側の壁に冷蔵庫を置かねばならない。「まずは斜めにして置いておきますから、こちらにいらしてからあらためて場所を見てください」。電話を切るや、ソは今にも泣きそうな顔になった。物言いたげな表情だ。ソは緊張したり怒ったりすると、生まれた土地の訛りを隠すことができなかった。ジンは訛りの強いソの訴えなどは聞かずに、保険会社に電話をした。居間に斜めに置かれたクリーム色のソファを想えば、ジンも泣きたくなる。保険会社は、担当はもうそちらに向かっている、とくりかえすばかりだ。こちらに向かっているらしい担当はまったく電話に出ない。待つほかにすべはない。

足止めをくらっている間にもじわじわと闇は迫る、少しずつ闇は深くなる。ソウル方面の国道は闇に染まっている、もう先の方は闇に溶けて見えなくなっている。遥かに眺めやれば、黒い夜のなかへと車が次々に消えてゆくかのようだ。ジンはぼんやりと国道を眺めている。引越センターの作業員たちはひっきりなしにソに電話をかけてくる。食卓はどこに置きますか？　書棚は？　机は？　箪笥《たんす》は？　窓際に置くなら部屋の角に寄せますか？　とすれば、正面向かって左手の壁に寄せますか？　それとも右手の壁に寄せますか？　それとも左右の壁の真ん中あたりにしますか？　いや、だから、窓の真下に置くかってことですよ、という調子でいちいち聞いてくる。ソはそのたびに穏やかに答えていた。同じ質問に、つまりベッドを窓の真下に置くか、部屋の角に寄せるか、ということにも、それが左手の壁面なのか、それとも右手か、ソが答えているその携帯をジンは奪い取った。「わたしたちはまもなく到着しますから、だから、もうそちらの判断で置いておいてください。まずはおおまかに配置しておいてもらえますか。今晩そちらに着いたら眠れる状態にさえしておいてくれれば、ということですよ」「でも、ここまでやったのは……」、引越センターの作業員はジンがかまわず話しつづけるものだから最後まで話せない。「いちいち私たちに確認しなくてもいいんですよ。いままでたくさん引越の荷物を運んできたんでしょ。家財道具なんてどれも似たような配置でしょ。なにか特別なことでもあるんですか？」ジンは気がつけば大声を出していた。一生懸命選んだ家具が一瞬にしてどうでもいいものに転落したことに腹が立った。引越センターの作業員は何も言わずに電話を切った。

ジンは保険会社の担当に電話をした。さんざん鳴らしてやっとのことで電話に出た担当は、道が混んでいて時間がかかりそうだ、と了解を求めてきた。ジンはわかったと電話を切ったものの、待ちきれずに二分おきに電話をかけつづけたものだから、とうとう電話に出なくなった。こうなることがわかっていたなら、むしろレッカー車を呼んだほうがよかったとジンは思った。こういうことはいつでもあとから思いつくものなのだ。

しばらくして保険会社の担当からメールが届いた。五分後には到着します、ということだった。ジンはほっとして車に乗り込んで目をつむった。ひんやりとしてきた夜の空気に包まれて赤ん坊は眠りに落ち、ソはうんざりしたのか目を閉じている。ジンが目を開けたのは近づいてくる車の音がしたからだ。やっと保険会社の担当が来た、どうしてこんなに遅くなったんだ、と怒鳴りつけるつもりだったが、一直線に近づいてくる車の音を聞けばうれしくなった。

ジンのそんな気持ちに反して、ぼんやりとした闇の奥から光を放ってスピードをあげて近づいてくる車は、獰猛な獣のようだった。車が停まり、運転手が降りてくる、その姿を見るや、ジンはその獣が虎だということに気づいた。そう気づいたときには、もう逃げる間もなくジンは獰猛な歯に嚙み砕かれていた。嚙まれた、と思ったのだが、実際に感じたのはハンマーのようなもので殴られたかのような凄まじい痛みだった。頭が熱くなってゆく。天井に取り付けられたシャワーからひっきりなしに降りそそぐ熱湯に無理やり頭を突っ込まれているかのようだ。最初のうちはじーんと痺れるような感覚だった。が、そのうち今にも割れそうな痛みに変わった。だから、殴られたのではなく、熱湯の中にさかさまに突っ込まれたのではないかと思いもした。痛みが鎮まってくるにつれ、顔が腫れあがってゆくのがわかった。腫れあがった顔の上を何かが流れて落ちた。顔を流れ落ちてゆくものに触ってみる。ジンはようやく事態をのみこんだ。獣に嚙まれたのでも、熱湯でやけどしたのでもない。何かで殴られたのだ。

どこかで電話が鳴っている。保険会社の担当からの電話だろう。ハンマーの音のような気もする。ハンマーの音とジンの旧式の携帯の音は神経を逆なでするという点では同じだった。ひょっとしたら引越センターの作業員からの電話かもしれない。作業員には運び込まなければならぬ沢山の荷物があり、その荷物の位置を決めて配置する仕事が残されている。ジンは痛みに苛まれながら笑いを浮かべた。うまいことかわしてきたつもりだったのに、見事にはまってしまったようなのだった。既に深みにはまっていたことにも気づかず、あっさりかわした気になって安心していた自分が愚かしかった。

ひとしきり笑うと、いつかこんなことがあったような気がしてきた。すると殴られたところが痛みつづけても、少しは心が落ち着くようだった。記憶にはない「いつか」と同じように、痛みがおさまれば何事もなかったように、それまでの世界のどこかに戻ることもできる。ジンは、単に自分がひとつの危機に直面して、殴られたことでその危機を乗り越えているところなのだと考えた。いつもそうなのだ。果てしなく感じられるこの瞬間も、あっという間に過ぎゆくものなのだ。ほんの少し怪我しただけなのだ。痛みが消えないところをみれば、骨が折れたのかもしれない。だが、傷はすぐに癒える。時間がかかろうとも骨はついにはつながる。誰かがケラケラと嘲笑った。獣たちの笑い声なのか、ジン自身の笑い声なのか、わからない。怯えるソと赤ん坊の泣き声なのかもしれない。

ジンは必死に声を聞きわけようとする。行く手を眺めやる。姿の見えぬ都市のどこか一隅に深夜も煌々と光を放つ高層団地がある。そこにはジン一家の新たな暮らしを形作る家財道具が、包みを解かれることもなく、あるべき場所に置かれることもなく、ゴミのように無造作にそこかしこに放り出されていることだろう。ジン一家はいつまでもサイズの合わないクリーム色のソファのある居間で過ごさねばならないのだろう。斜めに置かれたソファを見るたびに、わけもなく、ずきずきとひどい痛みを覚えることだろう。ジンはしきりに閉じようとする瞼に力をこめる。赤い目をした車たちが夜の国道を抜けて闇の中の都市へと入ってゆく。

カンヅメ工場

工場長が出勤しなかったという話はまたたく間に広がった。初めての欠勤だった。察しのいい者たちは何かあったに違いないと考えた。工場長は誰よりも早く出勤して、誰よりも遅く退勤するのだ。誰かが工場長ではなく守衛みたいだと皮肉り、それからというもの工場長は従業員たちの間で守衛と呼ばれていた。工場長は工場が自動化される前の生産職の出身だ。そのころ、工場で働く者たちの大部分がそうであったように、工場長もまた機械の恩恵を受けながらも、機械を信じていなかった。錆の検査から真空検査まで、製造後のサンプル検査の数量を二倍に増やした。なのに、すべての作業は機械がするのであって、おまえたちはぼんやり空の缶を見て時間をつぶしているだけだろう、と、暇さえあれば従業員に小言を浴びせた。業務方式をひとつひとつ指示して、すべての工程に干渉した。名札はまっすぐにきちんと付けろといい、名札が斜めになっている胸に手をのせて女性従業員をおののかせたうえに、胸の大きさを云々して露骨に下ネタを連発しては恥ずかしい思いをさせた。気の短い性格で、物事の是非を確かめる前に、まず怒る。誤解であったり自分に非があったことがはっきりしても謝らない。工場長の欠勤の原因を突き止めようと、社長が従業員ひとりひとりに話を聞く過程で出てきた話だ。まるまる信じるわけにはいくまい。工場長というものは、つねに評判が悪いものと決まっているのだから。

前日に一緒に夜勤をしたパクの話によると、工場長の一杯やろうじゃないかという誘いをパクが断ると、まったくこのごろの若いやつは何様なんだ、と毒づいて、社宅のほうへと歩いていったという。

酒に酔ってのびてるんじゃないか？

社長がパクに言う。そう言いはしたが、そんなはずはないことはわかっている。工場長はほぼ毎日酒を飲んで酔っ払って、翌日にはかならず酒のにおいをさせて一番に出勤した。いわば、工場長は誠実なアルコール中毒者なのだ。パクは首をかしげるばかり、何も答えはしなかった。

で、きのうはなんで夜勤をしたんだ？

夜勤をしなければならぬほど忙しいはずがない。工場の従業員たちは大都市の企業の事務職も守ることのできない九時出勤、十八時退勤を順守していた。不況は世界的な趨勢だという。加工食品の衛生に対する疑いの声も日々高まっていた。そんな声を世の人が忘れそうになると、カンヅメから異物が、つまりはカッターの刃だとかハエだとか鉤頭虫《こうとうちゅう》だとかビニールだとか、はなはだしくは爪の一部が発見された。ニュースで流れるたびに売上が激減した。国内の納品量が減った。輸出で命脈を保ってはいるが、周辺国の安売り攻勢にはかなわない。

工場長に個人的に頼まれたんです。

パクが答えた。

個人的に頼まれた？

社長が言葉をつづける。

おまえは忘れているようだが、ここは工場だ、個人的なことでは動かせない。

カンヅメを作りました。

すぐさまパクが答えた。

ハハ、いったい、おれが、おれの工場で、何を作ってきたのか、わかって言ってるのか？ ここではカンヅメだけを作るんだ、昨日も一昨日も二十三年前も作っていたし、今日も明日も作るんだよ、二十三年後も作っているんだよ。

T国に送るのだと言ってました。

そんな輸出先があったかと考えている目で社長がパクをじっと見る。

T国？

工場長の娘さんがT国で研修中なのです。

なるほど。

社長がうなずく。

パクは、社長が手に何か握っているならば、砕けてしまいそうなほどに力が入っているのを見つめている。

工場長のやつめ、よくぞ学んだものだ。

社長が呟いた。

娘に送るカンヅメということならば、どんなものかは想像がついた。社長はかつて息子がU国に留学していた頃に、定期的にカンヅメに食べ物を密封して送ったことがある。漬けこんだばかりの白菜キムチやよく漬かった大根キムチ、醤油にひたひたと浸した蟹、火を通すだけでよい味付きカルビに焼肉、タコの炒め物のようなものをカンヅメに詰めた。甘酒を、キムチ鍋を、冬《ふゆ》葵《あおい》の味噌汁を、煮干しを炒めたものを密封した。留学している間、息子は食べ物の苦労は何ひとつなかった。その作業をしたのが工場長だったのだ。そういうことがあったとはいえ、社長でもないのに生産と無関係に機械を動かして、電力を消費して、業務終了後に従業員をこき使ったわけだ。怒った社長は、心配して工場長が住まう社宅にパクを差し向けようとしていたのをやめた。工場長は独身者用の社宅にひとりで暮らしていた。妻は語学研修中の娘の身の回りの世話のためにT国に行っている。翌日も翌々日も工場長は現れなかった。社長は、二度と工場に足を踏み入れさせはしないと言い、秘書も兼ねている総務課長を社宅に行かせた。解雇を伝えるためにだ。

昼食時間に各区域の休憩室に集まった従業員たちは、サンマやサバ、味付きのごまの葉のカンヅメのふたを開けて、家から持ってきた白米の飯を取り出した。

これは守衛の流儀じゃないな。

ひとりの従業員がサンマを食べながら言った。工場長の流儀ならば、気分が悪くて今にも死にそうな心持ちの時でも、酒のにおいをさせながら一番に工場に出てこなくてはならない。誰かが、たいしたことないんじゃないか、と言い、でも警察に届けたほうがいいんじゃないか、とさらに言えば、全員が同意だというふうに、サンマやサバ、ごまの葉のうちのひとつを飯と一緒に噛みしだきながら、うなずいた。

これを見ると、守衛のことを思い出すよ。

誰かがふたの開いたカンヅメを指さした。工場長は朝はひとり社宅で、昼は従業員たちと休憩室で、カンヅメをおかずに飯を食べた。夜はカンヅメをつまみに酒を飲んだ。

なんであんな暮らしをしていたのかね？

誰かがごまの葉で飯を包んで口に入れ、もごもごと尋ねる。

あんな暮らしをしてないやつがいるってか?

飯を口に入れたまま誰かが答える。答える先からサバの生臭いにおいがする。誰もが黙々と、汁のしみた飯をサンマやサバの身といっしょに口に放り込んだ。ことさらにゆっくりと口の中で飯を咀嚼《そしゃく》する。誰もが、多少の時間差はあるものの、工場長の日課も食事も自分たちとなんら変わらないことに気づいた。一生懸命働いて、文句も言わずに暮らしてきたが、ひょっとすると、だからなのかもしれないが、口の中のカンヅメの味のように、人生というのはあまりにわかりきったもののように感じられた。未来はまだはじまってもいないのに、もう過ぎ去ってしまったかのようだった。過ぎ去った未来とは、工場長の現在にほかならないようだった。それは信じたくもないことだが、そうしていられるのもすべてがうまくいっているときだけ。工場長のことを嫌いながらも、ことさらに憎むこともできないのはそのためだ。とりたてて理由もないのに工場長を嫌うのも、そのためだった。

飯をすっかり食べ終えると、桃と蜜柑《みかん》のカンヅメをデザートにする。やわらかな桃の果肉を噛みしめつつ、誰が警察に電話をするかを話し合った。話しながらこっそりパクの様子をうかがった。なんといっても最後に会った人間なのだから、もしや、工場長に、みんなが考えているようなよからぬことが間違いなく起きたとすれば、もうそのときには誰もがそうに違いないと思ってもいたのだが、パクは困ったことになるのではないか、と誰もが思っている。だが、パクにはアリバイがあった。パクは夜勤を終えると、夕飯を食べに馴染みの食堂に立ち寄っていた。食堂では工場の同僚が夕飯を食べていた。パクは偶然に出くわした同僚と同じテーブルについた。ちょうどテレビでは近頃いちばん視聴率の高いドラマが放映されていた。パクは、女主人公はどうしてあんなに青筋立てて罵りわめいているのかと、料理を持ってきた食堂の主人に尋ねた。主人は女主人公に代わって訴えるかのように事情を縷々言い立てた。最後の目撃者だからといって、パクが疑われる理由はなかった。酒に酔って帰宅する途中に、足を滑らせて橋の下に転がり落ちて、運悪く川にはまったのかもしれない。不審者に財布を奪われ、暴行されて、瀕死の状態になったのかもしれない。ひき逃げされて、どことも知れぬ場所に捨てられたのかもしれない。そのような事故はいくらでもありえる。誰の身にも起こりうる。

誰かが桃の最後の一切れを口に入れようとしたとき、総務課長が休憩室に駆け込んできた。総務課長は息を整えてから、まず桃のカンヅメの甘い汁を飲んだ。

そうやって飲んでいて唇を切るんだよ。

カンヅメの缶を手に汁を飲む総務課長に誰かが言う。

俺がこれを食うのが昨日今日のことだとでもいうのか？　きのうも食ったし、おとといも食ったし、十二年前にも食ってるんだよ。

総務課長がカンヅメを口から離して言った。

社長が警察に失踪届を出したぞ。

全員が、ふたを開けそこなった缶で唇でも切ったかのような短いため息をもらした。

そしたら警察が……。総務課長が桃缶の汁を飲み込んだ。誰かが総務課長の言葉のつづきを待って唾をごくりと飲み込んだ。ただの家出かもしれないから、もう少し待ちましょうと言ったんだと。

総務課長はそう言うと、今度は密柑のカンヅメの汁を飲んだ。寒さに震えあがって凍えた体を温かいおでんの汁を飲んで融かしていくかのように、従業員たちは缶に残っていた甘い汁を少しずつ回し飲んだ。誰も唇を切りはしなかった。最後に飲み干した者がふたがついたままの空缶を集めた。缶のぶつかりあう小さな音が聞こえる。まるでそれが合図だったかのように、昼食時間の終了を知らせる鐘が鳴った。

＊

パクはサンマのカンヅメの密封担当だった。失踪した工場長がちょうど任命されたばかりの頃には、しばらくサバ缶を作ってはいたものの、そのとき以外はずっとサンマ缶だけを作っていた。担当は自由に変わることができた。生臭くてしょっぱいにおいに気分が悪くなったら、農産物ラインに移って桃や蜜柑のカンヅメを作ってもよい。たちこめる甘い香りにくらくらきたら、また水産物ラインに戻ればいい。原則はそういうことなのだが、誰も担当をかわらなかった。自由にかわれるようにしたのは工場長だった。工場長は入社以来十二年間ずっと、サンマ缶だけを作っていた。工場設立初期のことだ。そのうち、細長くてスッとした形のものならば、物差しまでサンマに見えてきた。ただもうサンマのせいで仕事を辞めるつもりで、工場長は社長のもとを訪ねた。

もうサンマにはうんざりなんです。いっそサバならまだ……。

サバ、と言ったのは、その場の思いつきだった。サバは工場長が好きな魚だった。社長が作業服から漂いだす生臭さに顔をしかめて答えた。

どうしてもということなら、サバ缶も作ればいい。他の工場でも作ってるじゃないか。

工場長は工場を辞めずに、十年間サバ缶を作った。二代目の社長は初代社長の葬儀が終わるや、すぐに生産ラインを増やした。サンマとサバのカンヅメを作っているものだから生臭さ、脂臭さが消えることのなかった工場に、桃や蜜柑の香りに糖液やクエン酸のにおいが入り混じり、広がっていた。夜勤が多くなった。従業員も増えた。そのころに工場長は工場長になったわけだが、就任の辞で、従業員たちに、どんなことでも自分の好みに応じて仕事を選んで働くように、と言った。好み？　だから、音楽を選んだり映画を選んだりするように、サンマやサバを、桃や蜜柑を選びなさい、ということなのだった。パクはサバを選んだ。好みとは関係なかった。サンマにはいささかうんざりしていたのだ。パクと同様、ほとんどの者たちが、サンマ担当だったならばサバを、サバ担当だったならばサンマを選んだ。長い間サンマを扱っていた手にはサバは丸々としていて、うまくつかめない。サバをずっと扱っていた者は、薄っぺらくて細長いサンマをよく取り落とした。そのうちサンマでもサバでも変わりはなくなった。品目が違うだけ、すべての過程は同一だった。切り身にして、内臓をきれいにして、味付けして、調理して、密封した後に殺菌と冷却の過程を経て包装する。何を選んでもすることは同じだ。パクはまた担当をかわった。よくよく考えれば、サンマこそが慣れ親しんだものを好む自分の性向にぴたりとくる魚だった。

工場長が突然消えた理由をめぐってさまざまな話が飛びかった。そのひとつに、工場長がある女性従業員との不倫関係が露見するのを恐れて消えたというものがある。工場長は酒に酔えばかならず、それはほぼ毎日のことなのだが、女性従業員の家を訪ねたという。女性従業員と工場長が休日に外で会っているのを見た者もいる。確かな話ではない。遠くから見たのだ。他の女性従業員かもしれない。ただ似ているだけの人なのかもしれない。ばったり会った友人の妻かもしれない。工場長の奥さんがT国に行く前のことだから、奥さんの可能性もある。噂はあっという間に広がったが、囁きあうばかりで、信じる者はそう多くなかった。工場長は顔が黒くて、髪は薄い。腹は出ているし、足は短い。紺の作業服の両肩はフケだらけだ。脂ぎった髪が首筋のあたりで鳥の尾みたいにはねている。口を開けば、魚のなまぐさい臭いや幼児の口臭のような甘いにおいがした。一言で言えば、工場長は恋愛感情など抱きようのない人物だった。噂の女性従業員は口数が少なく、顔は白く、印象は冷たい。女性従業員たちは、その女が自分たちとは雰囲気が違うから、男性従業員たちは女が自分たちには見向きもせず相手にもしないから、癪《しゃく》に障るし腹にもすえかねていたところだった。女性従業員と工場長が不倫関係だという噂は、ある部分は正しく、ある部分は間違っていた。家に訪ねていったという噂は当たっていたが、毎日のことではなかった。工場長の妻がT国に行ってから関係がはじまったというのも間違っている。女性従業員が工場長に会うようになったのはそれ以前のことで、会わなくなってからもう久しい。噂の女性従業員は工場長について一言も言わなかった。彼女はなにか知っているかもしれないし、知らないかもしれない。それは女性従業員の個人的な問題だ。つづいて横領説が飛びかった。子どもをT国にやってからというもの、とにかく経済的な圧迫に苦しんでいたという。事情を知る者ならば、工場に横領できるほどの大金があるはずもないことを知っていたが、誰もすすんで解明しようとはしなかった。

私が帰国したからといって、すぐさま夫が現れるわけでもないでしょうに。

電話で総務課長から夫の失踪の事実を伝え聞いた工場長の妻の言葉だ。語学研修を終えた工場長の子はT国で外国人学校の高等部に進学した。入学後まだ間もないので、学校を休むことができない。学校を休めない子どもの世話のために、工場長の妻は帰国できない。

こういう場合、ほとんどが単純な失踪ではなく……、総務課長が脅かすように言う、変死事件らしいんですがね。

工場長の妻が長いため息をついた。

死んだとしても変わりはないでしょう、私が行ったからといって生き返るものでもないじゃないですか、万一死体が発見されたならそのとき帰ります。

電話を切って、総務課長は、近頃しきりに娘を語学留学させたがっている妻を思い浮かべた。どうやら留学などさせないほうがいいようだ。

届け出てから一週間ほどしてようやく調べはじめた刑事は、工場長とパクの関係がよくはなかったことを知った。失踪当日、パクが脱衣室で工場長に食ってかかるのを見た者が、刑事にそのことを話した。刑事はカンヅメ倉庫のなかの小部屋にパクを呼んだ。脱衣室でなぜ工場長と揉めたのか、工場長が個人的なことで夜勤をさせることはよくあるのか、その日カンヅメを作るのにどれくらい時間がかかったのか、どんな種類のカンヅメを作ったのか、工場を出てから何をしていたのか、工場長にいつもと違うところはなかったか、ふだん工場長との仲はどうだったのか。刑事の問いにパクが答える。

その答えをすっかり聞いてしまうと、刑事は小部屋を出て倉庫の出口のほうへと歩いていった。指示はなかったが、パクは刑事のあとをついてゆく。

その日に作ったカンヅメはどうしました？

翌日に私がT国に送りました、いつものように。

そうやって個人的にカンヅメを密封するのは、よくあることなんですか？

パクがゆっくりと首を横に振る。実際には、従業員の誰もがひそかにカンヅメに何かを入れて密封する経験があった。ある者は、サンマのカンヅメの缶に指輪を入れて恋人に贈った。恋人はカンヅメのふたを開けて、銀色の缶底でかたかた音を立てていた指輪を取り出して、指にはめて微笑んだという。またある者は、子どもに贈るクリスマスプレゼント用に安物のおもちゃをカンヅメの缶で包装した。ワンタッチ開封の桃缶のふたを開けると、いくつかの単純なレゴブロックや飛行機にしか変身しないロボットみたいなものが出てくるのだ。生涯初めて購入する家の書類を密封して保管したり、別れた恋人からもらった手紙を詰め込んだり。猫を密封した従業員もいる。神経痛で苦しむ両親のためだった。市場で猫を一匹買ってきて……、と、その話を聞いた従業員たちは、きっと野良猫を貰いうけてきたにちがいないと思ったのだが、その猫を長い時間煮込んで、汁を濾《こ》して、ばらばらにほぐれた肉といっしょに缶に詰めて密封したのだった。あとで発覚して始末書を書きはしたが、そのことで工場の者たちはカンヅメにして密封できるものの種類には限りがないということに、あらためて気づかされた。社長は金庫代わりにカンヅメの中に現金を入れて保管している、という話も飛び交った。前月の会計の清算が終わる月初めに、社長みずから缶に札束を詰めて圧着機でプレスしているのを誰かが見たという。その噂を聞いた社長はむきになって怒ったということからみて、ひょっとすると事実かもしれなかった。


いつのことだったか、二人だけでT国に送るカンヅメ作りを手伝っていた時、工場長がパクに尋ねた。

おまえは何をやってみたんだ?

は?

カンヅメの話だよ。

パクは一度もカンヅメにほかの何かを詰めて密封したことはない。封印して大切に持っておきたいようなものなどなく、密封したものを贈る相手もいなかった。

実はおまえだけに話すんだが、
工場長がゆっくりと口を開く。

娘が留学する前に、飼っていた犬が死んだんだよ、娘が死んだ犬を抱いてずっと泣きつづけてね、夏だったからもうすぐにでも臭いそうだったのに埋めさせないんだ、抱いて寝ているのをそっと引き離して、缶に詰め込んで密封してやった、それをしばらく娘の部屋に置いといたんだ、最初は缶に触れながら泣いていた娘が、別の犬がやってきたらその缶に見向きもしなくなったよ、それでのちのち海に投げ捨てたというわけだ。

工場長が人差し指を唇にあてた。

秘密だからな。

パクはうなずいた。工場長の目に、一瞬、話したことを後悔する色が浮かんで消えた。パクはそれなりに口が堅いことを証明しようと、ひたすら黙って聞いていたのだが、その沈黙を無関心と受け取られそうな気もして口を開いた。

犬が缶に入ったんですか?

小さな犬だったんだ、一番容量の大きな缶を使ったら、ぴったりだったよ、切断する必要もなかったね、切断しなければならない可能性もあったのだろうが。その場面を想像したのか、工場長が眉をしかめた。犬のために手を血で染めたくはないじゃないか。

工場長が手に血がついていないことを確かめるかのように、手のひらをしげしげと見て、言った。

ときおりこんなことを考えるんだ、おれが死んだらきれいに火葬して、その骨粉をカンヅメの缶に保管したらどうだろうか、ってな。土饅頭の墓の下で土にまみれて腐っていくのもいやだし、納骨堂で大理石の骨壺に詰め込まれているのもいやだからな。生涯カンヅメ工場で働いて、生涯カンヅメだけを触ってきたんだ。缶の質が変わったり、ふたの開け方が改良されるのを見て、世の中がだんだん生きやすくなってきたことを感じたりしながらね。缶の包装デザインの変化に人びとの趣向の変化も知ったよ。世の人の味の好みも、新しいカンヅメが登場したり味付けが変わったりすることで実感したし、言うならば、缶をとおして世の中を知っていったというわけだ。

世の中が缶みたいに空っぽだったら、大変なことじゃないですか。

パクはすぐにも軽口をたたいたことを後悔しながらも、缶に詰められて納骨堂に行くなんて結構なことじゃないですか、と言い足した。工場長がニヤリともせずにパクをじっと見つめた。パクはその顔をまっすぐ見ながら、工場長と自分は互いに別の季節に移動する渡り鳥のようなもので、絶対に通い合うものはないだろうと思った。一方で、いきなり工場長がそんなことを言いだしたのも奇妙なことだと思った。パクが、何かあったのかと聞いていたなら、工場長はもう少し自分の話をしたかもしれない。だが、パクは一言も聞きはしなかった。パクが尋ねて、工場長が答えていたなら、どうなっていただろうか。もちろん仮定にすぎないが。

こんなに大きなカンヅメは、
刑事が一〇キロ用のカンヅメの缶を指でトントンと叩きながら尋ねる。

主にどこで売られるのですか？

輸出もすれば、業者にも売ります。

カンヅメ、お好きでしょ？

そう好きではありません、むしろ嫌いなくらいです。

意外だという表情で刑事がパクを見た。

ならば、いったいどうやって毎日カンヅメを食べて、十年近くもカンヅメ工場で働いてきたのですか？

私はほとんどカンヅメを食べません、おいしくないですから、だからといってカンヅメ工場で働いちゃいけないってことはないでしょう、自分が使いもしない生理用ナプキンを作っている男だっているのですから。

刑事がうなずく。

だとすれば、仕事は面白くはないでしょうね。

刑事さんもそうだと思うのですが、仕事というのは面白い部分もあれば、面白くない部分もあるものではないですか？　私もそうです。

確かにそうかもしれませんね、カンヅメ作りで大変なのはどんなところですか？

たまに缶やふたで手を切ります、そんなときは気分も最悪です。

それだけならば、仕事を楽しんでいるほうだと言えますね。生臭さや塩気に耐えるのも一苦労です、脂の臭いもひどいですしね、今でこそ密封担当ですが、いっとき内臓をかきだす仕事をしていたんですよ、あのときはぶよぶよするものは、たとえ女の体だってもう御免でしたよ、そして、なにより……、

缶に記載された成分表示を読んでいた刑事がパクに目を向けた。

同じことの繰り返しじゃないですか、私は一日中密封だけをしています、ある者は一日じゅうサンマの頭を切り落とし、ある者はひたすら魚の腹のなかに指を突っ込んで、ぬるぬるする内臓を取り出し、一日じゅう魚に塩を振って味をつけて、一日じゅう缶を箱に詰めて。

特別なことはないわけですね、だとしたら何が面白いのでしょうか？

パクはかなり前に学校を卒業してからというもの全く縁のなかった試験用紙を前にしているような気分だった。不快だったが、自分の答えを適当にあしらう刑事の態度に気圧されて誠実に答えた。

同じことがただただ繰り返されることです。

刑事が、からかっているのかという目でパクを見た。

ここにいれば一日じゅう、ベルトコンベアの上をふたの開いている缶がまわってくるのを見ていなければなりません、くらくらしますよ、ぐるぐるまわりますよ、耳元を羽虫がぶんぶんと飛んでいますよ、だからやたらと耳をほじくりかえしますよ、耳にできた血のかさぶたが渇く日はないですね、くらくらして、ぶんぶんして、耳がむずむずしているというのに、これがいちいちじっくりと頭を使わねばならない仕事だとしたら、やってられないでしょう、ベルトの前に立っ

て、ただもう身にしみついた角度に体を動かしさえすればいいんです、体が機械の一部になってゆくわけですね、なぜだか満ち足りています、誇らしくはないのですが。

刑事が気のない様子でうなずき、手帳をパンと音を立てて閉じた。そしてパクに工場長の社宅に案内してほしいと言った。刑事はずっと手帳を開いていたが、何も書いてはいない。パクは相変わらず刑事の態度に気圧されている。いつだったか、ベルトが故障して止まっていることにも気づかずに、一度ふたをして密封したカンヅメにまたふたをして密封したことがあるという言葉をのみこんだまま、社宅のほうに歩いていった。

独身者用社宅は簡素だった。長期入院患者用に使うのにぴったりの固いベッド、総務課で一括購入したのであろう、おが屑《くず》を圧縮して作った本棚と机、布製ソファとタンス、それが家具のすべてだった。調理器具はほとんどない。冷蔵庫には水と米、酒と食べ残しのカンヅメを詰めたプラスチック容器がいくつかあるだけだった。収納棚の扉を開けられるだけ開けてみれば、棚ごとにサンマとサバ、味付けゴマの葉のカンヅメと桃缶、蜜柑缶が入っていた。シンク台の上の収納棚にも、シンク台の下の横一列に三つ並んでいるひきだしにも入っている。服が入っているだろうと思って開けた寝室のタンスも三段すべてがカンヅメだった。

こんなふうにどこにでも積んでおいて食べているのを見ると、

と刑事が言う、

それなりの味なんでしょうね。

パクがキッチンの収納棚にあったカンヅメを種類別にひとつずつ取り出して、刑事に手渡した。

直接召し上がってみてください。

のちのち工場長さんが帰ってきたら、このことは秘密にしておいてあげなくてはいけませんね。

刑事が言う。

秘密も何も、私たちは誰もがカンヅメを食べています、工場でも食べ、家でも食べます、カンヅメが月給の一部なので。

月給ですか?

刑事の言葉にパクがうなずく。

工場はいつも厳しいですからね、不況はますます深刻になっていきますし、社長が言うには群小カンヅメ工場が生きのびられるような不況ではないんだそうです、しかもこのごろは誰もカンヅメを信用していません、流通期限があんなに長いということがね、すぐに悪くならないことが不安なんですよ、生きてるものを殺して、腐らないよう加工処理して、同じ状態を維持する、これが密封技術の核心なんですが、みんなそれを怪しむんです、傷むことなく同じ状態が保たれるということをね、売れないからわたしたちが持って帰ることになります、月給の一部としてですね。

カンヅメは好きではないということならば、持ち帰ったカンヅメはどうするのですか?

私は食べませんが、ほかの都市に暮らしている家族や親戚はカンヅメを食べますから、あげるんです。

刑事がうなずく。

今日くださったカンヅメですが、流通期限はいつまでですか?

社宅を出て工場のほうに行こうとしていたパクに刑事が尋ねた。

製品ごとに違うのですが、だいたい二十四か月から六十か月程度でしょう。ふたに印刷してあります。

長くて五年……、五年ものあいだ腐らないということが可能だということですね。

一種の仮定なんですよ、流通期限以内ならば、同一の状態が完璧に維持されると考えるわけです、流通期限が過ぎるということは、そのような状態がある瞬間に崩れるという仮定であって、そのときがくれば、確かめるまでもなく廃棄することになります。

刑事は肩をすくめてみせると、車に乗った。数日後刑事は社長に電話をかけ、工場長の失踪に関わる捜査の状況を知らせた。失踪の手がかりがまったく見つからず、これ以上捜査を続けることはできないということだった。

*

工場長はいないものの、すべてのことはおおむね順調だった。カンヅメ工場でいかにも起こりそうなことのほかは何も起こらなかった。機械はまわり、カンヅメは作られ、期限に間に合わせて納品され、船積みされた。昼食時間を告げる鐘が鳴れば、みな休憩室に集まるのも変わりはない。ふたを開けたカンヅメを中心にして円になって座る。カンヅメのふたを開ける時は、飯を食っているのか、製造後の検査をしているのか、一瞬わからなくなる。が、いざ食べだせば、生産過程の一部だとばかりに機械的に口を動かす。カンヅメをとりわけ好きな従業員もいなければ、見るからにいやがる従業員もいないから、みなただ黙々と食べている。あるとき誰かがカンヅメには飽き飽きしたと、給湯室で豚肉を入れたキムチ鍋を作ってきた。豚キムチ鍋だからといって、特に目新しい味でもなければ、とりたてて旨いわけでもない。鍋を煮こむために待たされる時間が長くなった分、かえって飯がまずくなった。機械から出る騒音と工場内に漂うにおいのせいで味覚をなくしたのに違いないと言い合ったが、次の日、時間に追われて、ただカンヅメのふたを開けただけで飯を食ったときには味覚は戻っていた。誰もがカンヅメの生臭くて塩辛い味にすっかりなじんでいた。大雑把《おおざっぱ》で鷹揚《おうよう》な舌がありがたかった。食わねばならぬカンヅメはいくらでもあった。

食後には桃と蜜柑で口直しをする。こうも毎日カンヅメを食っていいものなのか？　誰かが言い、昼飯だけなんだからどうってことないよ、と別の誰かが答える。確かに昼飯だけなら大丈夫だろうが、彼らのほとんどは昼だけカンヅメを食べているのではない。退勤して家に帰れば、サンマに酸っぱくなったキムチを刻んで入れて鍋にしたり、蒸したりもする。サンマを刻んで味噌に和えて、カンヅメのサバと一緒に野菜でくるんで食べもする。食材を買いに退勤後に市場に行ったというのに、気がついたら工場で生産したサンマ缶やサバ缶を買い物かごに放り込んでいたと嘆く従業員もいた。その話にあちこちでひそひそと、自分もそういうことがあったと告白する声がした。人が何と言おうとも、われわれはこれを食わねばならないのではないか。そう言う者もいた。他の会社の工場で作られたサンマ缶から鉤頭虫が発見されたというニュースが大々的に報道された日のことだった。そうはいっても義務感のみでは食べられないだろう。失踪した工場長が言っていたように、カンヅメを食べるのが好きなのだ。

従業員たちがカンヅメを真ん中に置いて飯を食べている間、パクは倉庫の中の小部屋でそそくさと飯をすませて、残った時間は昼寝をした。その部屋はあらゆるにおいがした。フェノールやアセト酸のにおい、モーターから出る油のにおい、機械に薄く塗ってある潤滑油のにおい、ゴムの配管のにおいや長靴のにおい、処理済みの魚の内臓のにおい、果物の皮のにおいが混然としている。そのにおいのせいか、短い眠りの中でも工場で働いている夢ばかりを見る。夢の中でパクはベルトの前に立って密封作業をしていた。缶に自分の手を入れて密封した。空の缶の中の、そのまた空の缶の中に、さらに空の缶を入れて、密封したりもした。ときには工場長が夢に現われ、パクに密封するものを一つずつ手渡した。缶に詰められるものも、詰められないものも、詰めた。社長の金庫や、社長の頭のようなものをだ。工場長は四肢を切り落とされて死んでいる犬や、巨大な白骨を寄こしたりもした。これをどうやって詰めるのかと問えば、精米所で穀類を挽くときに使うような粉砕機を指さした。パクはためらうことなく粉砕機へと行き、強度を調節してから、投入口に白骨を流し込む。粉になった白骨がザラザラザラッと溢れ出てきた。その粉を集めて缶に詰める。白骨缶は同じ形の数千個のカンヅメのなかに紛れ込んだ。

昼食時間は短い。また鐘が鳴れば、従業員たちは各区域の休憩室から出て、ふたたびサンマラインの前へ、サバラインの前へ、ゴマの葉ラインの前へ、桃ラインの前へ、蜜柑ラインの前へ、歩いてゆく。とどまることなく流れてゆくベルトの前で、彼らはサンマやサバを処理して食用塩酸につけ、桃と蜜柑の皮を剝いてアセト酸にひたして、加工して、カンヅメの缶を上から降りてきたふたが塞ぐのを見守って、任意にカンヅメを抜き出して内容物の標本調査をする。

小さな事故があるにはあった。農産物加工ラインでのことだ。退勤の頃になって、女性従業員が、密封の過程で右目のコンタクトレンズをカンヅメの缶のひとつに落としてしまったのに間違いないと、今にも泣きだしそうになった。

どうしてそんなことになったの？

眠くて目をこすっていたら、そうなってしまったんです。

なぜいままで気づかなかったんだ？

ラインがまわっていくのを見ていると、いつもくらくらするから、目がよく見えないのではなく、眩暈《めまい》がしているんだと思っていました。

女性従業員は仕事を終えて脱衣室で着替えているときに、目からレンズが外れていることに気づいた。一日じゅうつづいた眩暈は、いわゆる眩暈ではなく、両目の視力の違いからくるものだったのだ。レンズが落ちていそうなところをくまなく探してみたが、見つけられなかった。その日、一日の間に女性従業員が担当したラインを通り過ぎた果肉のカンヅメは千個を超える。いま目の前には、生産された千個のカンヅメが殺菌過程を終え、箱詰めされるのを待って、ずらりと並んでいる。壁面いっぱいに積み上げられた千個のうちの一つに、女性従業員が失くしたコンタクトレンズが入っているのだ。爪の先ほどのコンタクトレンズを探そうというならば、千個のカンヅメを開けなければならない。開けて、また缶を閉じるだけことなのだが、ことはそう簡単ではない。密封したカンヅメは開けた瞬間に細菌が繁殖するため、再包装は原則的に不可能なのだ。

パクはおろおろしている女性従業員に言った。

明日の朝、コンタクトレンズは見つかったと言いなさい、作業服にくっついていたと。

そうやって、あとでなにかあったらどうしますか？

女性従業員は心配そうに尋ねた。

レンズはカンヅメの中から一か月後に出てくるかもしれない、五年後に出てくるかもしれない、永遠に出てこない可能性もある、居酒屋に納品されたなら、気づかれずにすむだろう、料理人は自分が食べるわけではないから、捨てておしまいだろう、客は酔っているから気にもとめないだろうし、厨房のミスと思うだろう、もしかして病院のようなところに入っていったとしても、うまいこと気づかれずにすむかもしれない、発覚するかしないかわからないことを待つ間に工場の状況は変わっているだろうし、われわれの状況も変化しているかもしれない、そう思わないか？

女性従業員は、一度密封したカンヅメは二度と開けられない世界なのだということを初めて理解したかのように、ゆっくりとうなずいた。

工場長の失踪から四か月にもなろうというころに、返品事故もあった。返品されたサバ缶は工場長が失踪したころに製造されたものだった。ある消費者がスーパーで購入したサバ缶からなにか赤い塊りを発見した。消費者はサバの血だと思ったのだが、加工食品に血の塊があることを気になって関連機関に申告したのだ。成分検査の結果、人血だとわかり、波紋を引き起こした。誰かが作業中に手に怪我をして、傷ついた手から流れた血が缶に入り込んだものということになった。そのころ工場で怪我をした者は誰もいない。血が流れるほどの怪我をするような工程もない。たとえ指を切ったとしても、あれほどの血が流れたならば、わからぬはずがない。同じ日に製造されたカンヅメは一四〇〇個を超える。一部は回収されたが、ほとんどは回収されなかった。回収されたもののうち、あるものからは多くの人血が発見されたが、あるものからはほとんど、またあるものからは全く発見されなかった。社長は製造中止期間を短縮しようとあちこちのツテとコネを手繰るのに忙しかった。誰かが人血の話をきりだしたなら、たちまち険しい顔になった。

過労の社長の目は人血よりもさらに赤くなり、社長から怒りをぶつけられる総務課長の顔が人血のように紅潮して一向にさめやらない頃に、製造中止期間が終わった。

＊

工場長の荷物は多くはなかった。作業服と古びた下着、数着しかない外出着のすべてを捨ててしまえば、いっそう簡単になった。残った荷物はトランク一つあれば十分なくらいだ。工場長の妻はキッチンの収納棚と寝室のタンスにあったカンヅメを全部パクにやった。記念品のつもりでいくつか詰めておいたカンヅメも突き返された。

どうせ娘も私もカンヅメは食べないんです、いつだったかサンマ缶だと思って開けたら……。

思い出したくもない記憶なのだろう、工場長の妻が身震いする。

そこから死んだ犬が出てきたんです、それからというもの娘はカンヅメなんて見るのもいやなんですよ、なのに夫が失踪したという連絡を受けた数日後に小包みが届いて、開けてみたらサンマ缶とサバ缶でしょ、まあ、外側はそうでも、きっと中味は白菜キムチや大根キムチのようなのが入ってるんでしょうけど。食べないとわかっていながら、なぜそんなものを送るんでしょうか。

工場長の妻がパクを眺めやる。パクは黙ったまま妻を見つめる。

そのうちきっと死体でも発見されるのかしらね？

工場長の妻が沈鬱な声で尋ねた。

なぜそんなふうに考えるのですか、ただ少しの間どこかに行っているだけかも……。

どこにも行けない人間だということはよくご存知じゃないですか。

パクは答えに窮して黙り込んだ。

工場長の妻がT国に戻っていったのちに、パクは工場長が使っていた社宅に荷物を移した。荷物というほどの量でもなかった。何枚かの下着と手軽な服くらいのもので、タンスのひきだし二つもあれば十分だった。残りの一段には手持ちのカンヅメをしまった。カンヅメはそう多くはなかったので、ひきだしを開け閉めするたびにガタガタと音がした。工場長が残したカンヅメのなかには流通期限を過ぎたものもあれば、期限の差し迫ったものも、まだ余裕のあるものもあった。カンヅメの種類別、流通期限別、缶の大きさ別にわざわざ整理して、棚にしまった。

社長は空席だった工場長の業務をパクに任せた。工場長になったパクは従業員の誰よりも早く出勤した。誰もいない工場で停止している機械の電源を入れるのは、そのたびに、なついていない犬を起こすようで緊張した。犬が吠えるように機械がけたたましくウィ――ンと音をあげると、ようやく一日がはじまるような気がした。退勤は一番遅い。電源を落として静寂の中にたたずんでいると、缶の中に漬け込まれて萎《しな》びたサンマやサバになった気分になる。サンマやサバの気分で社宅に戻ると、ひたひた浸るほどに酒を飲んだ。ぐっすりと眠るためだ。誰より早く出勤して、誰より遅く退勤するパクを従業員たちが守衛と陰で呼んでいるのを知ってはいたが、気づかぬふりをした。早く出勤すると空腹の時間が長くなり、二日酔いで胃がしくしくと痛むから、朝食を食べることにした。思い迷ったすえに、ひきだしからカンヅメを取り出して開ける。骨と身をいっしょにゆっくりと噛みしめてみれば、サンマに浸みこんでいたタレが口の中に広がる。塩辛くて生臭い風味が次第に消えていく。はじめのうちはまあまあの味だった。さらに噛みしめると、香ばしさが引きだされてくるようだった。昼食時間には従業員たちといっしょにカンヅメを開けて飯を食べた。

あれ？　工場長はカンヅメは食べないんじゃなかったでしたっけ。

いっしょに昼食を食べはじめてからずいぶん経ったころに誰かが、パクがサンマの切り身を口に入れるのを見て言った。パクはサンマの汁が浸みた白い飯を口に入れて、にこりと笑った。食後には従業員といっしょに桃と蜜柑のカンヅメを食べた。歯を磨いても、口の中に甘ったるい味が残った。一日じゅう飴を舐めているような気分だ。悪くはなかった。退勤後には社宅に戻って、カンヅメをひとつ取り出して、キムチを加えて料理したり、刻んでタレを作って酒の肴にして食べもした。

タンスにしまったのを食べ尽くして、最初に前工場長のカンヅメを開けた時、パクは戸惑い、缶の包装と中身とを繰り返し見た。さらに幾つかのカンヅメを開けてみれば、笑いが噴き出た。カンヅメは一言で言えば滅茶苦茶だった。包装と中身がばらばらなのだ。サンマ缶を開けてサンマが出てくることもあったが、サバやゴマの葉が出てきた。サバ缶を開けてサバが出てくることもあったが、ゴマの葉やサンマが出てきた。果物のカンヅメも同じだった。あるカンヅメはT国に送るつもりだったのか、黒豆の煮たものやイリコを炒めたようなのが出てきた。古くなって、カビが生えて、饐《す》えたにおいを放ってぐちゃぐちゃのジャガイモの煮付けも出てきた。なんであれ、ふたを開けるまで中身がわからない。パクはサンマ缶に入っているサバを、サバ缶に入っている黒豆を、ゴマの葉缶に入っているゴマの葉を食べて、自分が初めて工場長のせいで笑ったと思った。

カンヅメから食べ物だけが出てくるのでもなかった。洗わずに密封した、鼻をつく臭いの靴下と下着のかたまりが出てくることもあった。T国への送金内訳書が何通か出てきた。T国の娘から受け取った英語の手紙が二、三通出てきた。数か月分の給与明細と年金のための積立金の内訳と生命保険約定書が出てきた。工場長の名前がイニシャルで刻まれたキーホルダーとまた別のイニシャルが刻まれたキーホルダーが一緒に出てきた。クレジットカードの領収書が出てきたときには、じっくりと明細を見た。ずいぶん前に誰かと会って、食事をして、お茶を飲んで、映画を観た内訳がひとつひとつ見事に残っていた。何かが出てくるたびにじっくりと見てみるのだが、心は落ち着かない。思いがけず工場長の人生に入り込んでしまったようだった。

カンヅメのふたを開けるときには恐ろしくもあった。いまだに缶の中から何が出てくるかわからない。いつの日か、血のにおいに混じって腐臭を放つ正体不明の骨と肉塊のようなものが出てきたならば、とにかく工場長は死んだ犬を密封したこともある人間なのだから、パクは悩んだすえにそれを持って工場に行くことになるだろう。容量の大きな缶を持ってきて、手に血がつかぬよう気をつけつつ中味を移し替えてから、圧着機でふたを押し下げるだろう。プスッと音がして缶の中に澱んでいた空気が出てくると、腐臭を放っていた骨と肉は、またしばらくの間、秘密を抱えたまま缶の中に静かに密封されるだろう。それはパクがサンマやサバ以外のものを詰めて密封する最初のカンヅメになるだろう。パクは、いままさに、ゆっくりと刃を動かしてふたを開けたカンヅメの中味をじっと見つめて考えている。前工場長もきっとそうしたのだと。

夜の求愛

花環を注文したのはキムの友人だった。キムがその男に最後に会ったのはもう十年余りも前のことだった。友人は声を聴いただけでキムだとわかると、そもそも相手を確かめもしないくらい不注意な性格なのかもしれないが、いきなり病床に臥せている人の容態の説明をはじめた。近況を尋ねもしなければ、形式的な挨拶もない。キムはしばらく話を聞くうちに、ようやく、電話をかけてきた男が昔の友人で、病床にある人はその友人と親しくしていた頃によく訪ねていった「あの方」であることがわかった。キムは、最近手に入れたばかりの花屋の電話番号を友人がどうやって知ったのか訝しく思い、生死の境をさまよう「あの方」の年齢を考え、結局思い出せなかったのだが、ひとりでしゃべりつづける友人の言葉に集中できずにいる。もう亡くなったと聞いても驚いただろうが、まだ生きていると言うからもっと驚いたのだが、友人には言わない。久しぶりに電話で話した友人に情の薄いやつだとなじられたくはなかった。はっきり記憶しているわけではないが、亡くなったと言われて、そう驚くような年齢でもないことは確かだった。「あの方」は昏睡状態に陥った者の例にもれず、人工装置の力を借りて息を吸い込んでは、ゆっくりと吐き出すといった式になんとか呼吸を維持しているという。「あの方」が息を吐くときには、と友人が言った、応援するみたいにうなずきながらも時計を見てしまうんだ。嘆きなのか失望なのかわからぬ声だ。医師が今日の午後が峠だと言うんだよ。友人がふっと黙り込む。キムが何か言うのを待っているようだ。お見舞いや弔問のために病院の場所を尋ねたり、悲しみにまみれた慰めや悔恨の滲む共感の言葉を差し出すのを。キムがついに何も言わずにいると、友人は小さくため息をついた。おまえに花環を頼むよ。キムは気が進まなかったが、さも仕方なさそうにうなずいた。頼むというからには、やはり代金は払わぬということだろうか、と考えつつ。もうほとんど他人のような関係だとしても、死にゆく者と関わりのある費用の請求をすることは薄情に思われた。

友人は代金の決済方式については一言も触れなかったが、キムの携帯電話の番号を聞き、葬祭場の名を教えることを忘れなかった。葬祭場はキムが一度も行ったことのない都市にあった。ただ話をつなぐためだけに、斎場がなぜその都市なのか聞こうとして、やめた。十余年ぶりの通話でキムが心底知りたかったのは、友人が電話番号をどうやって知ったのかということだけだった。友人とは同じ会社に勤めていたこともあるが、それだけだ。在職中は、団体写真を撮るならば離れて撮ったことだろうし、プリントされた写真に互いの顔を探すにしてもすぐには見つけられない、その程度のつきあいだった。おまえ、来るんだろう？　友人が尋ねた。キムがためらいつつどうしようかと考えている間にも、で、誰に連絡しようか？　とさらに尋ねてくる。特に相談しているようでもなく、ひとりごとでもないような口ぶりだ。あの頃の人たちとはもう完全に連絡が絶えていると言おうとしたが、友人は返事を待つことなく、言いよどんでいることが気に食わないのか、突然怒りを含んだ声で、俺が適当にやっとくよ、と言った。それから花環の送り主の名を言った。一度も聞いたことのない団体の名前だった。キムは何も尋ねないのは礼を失するように思い、仕方なしに何をする団体なのか聞こうと渇いた唇を開いた、なのに友人は、病室に戻らなくちゃいけない、と言って電話を切った。最初と同じだ。なんの挨拶もない。

キムは、友人の無礼と冷たい態度が性格からくるものか、自分に問題があるのか、考えた。時間をかけてじっくりと昔のことを考えたすえに、友人が送った手紙のことを思い出した。キムは、勤めていた会社が無理な事業拡張のため資金の逼迫に苦しみ、法定管理に立ち至ったときに辞表を出した。社員たちが自発的に給与削減を敢行し、会社の正常化に賭けていた時のことだ。キムは他の都市の企業への推薦を受けた。キムを推薦したのが、病床にある「あの方」だった。そのことで友人はキムを非難した。同僚愛というものが露ほどもない、利己的で打算的だ、と。他の人間から聞いたことではあったが、その噂を伝えた者とももう縁が切れて久しい。キムは、誰もが利己的であるのだから、利己的だと非難するのは、誰に対してもどんな場合にあっても妥当ではないと考えた。もし「あの方」が友人を推薦したのなら、友人もまた迷うことなく転職を選んだことだろう。友人はキムの周囲をかえりみない態度に傷ついた。最後の手段として、前の会社でのキムのいくつかの失敗を暴露する手紙を転職先の会社へと送った。キムはしばらくの間噂に悩まされたが、その噂もやがてうやむやと立ち消えた。キムはそのことで友情というものは愛情の程度とはなんら関係がなく、自身に献身的であったり有益であるときにかぎり有効な感情であることを悟った。だが、過ぎ去った出来事を振り返るときにはいつもそうであるように、過去のある出来事がもたらした結果や傷は、心が波立つこともなく思い出され、それゆえに、いつのまにか時間が過ぎ去ってしまったことへの物悲しさとありふれた悔恨だけが残った。

葬祭場の名を書き留めたメモ用紙の上の方に注文を受けた品と配達先がぱらぱらと記されてい

た。それを見たからというわけではないのだが、やらねばならぬことがとりとめなく思い出された。他のことを差し置いて今すぐやるべきことではない。きっとやらねばならぬことであるのは間違いない。しかも、いつだって急な仕事というのは出てくるものだ。今日でなければ明日、ひょっとすれば五分後にでも、すぐに。自営業の仕事というのはそういうものだ。キムは自分の代わりに花環と香典を届けてくれる人がいないか考えた。正確にはわからないが、「あの方」は今すぐにも亡くなったとしても、天寿と思える年齢であるのは確かなことだ。しかも、友人の話によれば長く昏睡状態にあって、人の顔もよくわからなくなっているという。慌てて出かけても病院に到着する頃にはもう亡くなっているかもしれない。そう思うと、切なくも悲しい気持ちにもなるが、死にゆく者に対して誰もが感じる程度のものにすぎなかった。キムは転職後、感謝の意を表するために、失礼にならない程度の贈り物を「あの方」に贈るようにしてきた。ある年には、秋夕《チュソク》〔旧暦八月十五日に行われる伝統的祭事〕のリンゴ一箱、正月の干しシイタケ一籠、翌年には正月に特上品の梨一箱、秋夕にハルラボン〔済州産デコポン〕一箱、といった品々を。そして、代金をもらえぬことが明らかな葬儀の花環を。なにより、どんなにお世話になったとはいえ、もう忘れてもいいくらいには時が過ぎた。

＊

葬祭場は南に三八〇キロほどいったところの都市にあった。自分なら十年以上も連絡の途切れている者に訃報を知らせたりはしないでしょう。キムは歯が痛むかのように眉をしかめて言った。

キムがどうにか思いついた人たちは誰もが忙しい仕事を抱えていた。重要な約束があり、延ばすことのできない業務があった。訃報というのは本来広く伝えるものだろ、死んだことも知らないで近況を尋ねたりすることのないようにな、だってそれくらい間の抜けた話はないじゃないか。隣の花屋の男が言った。去年、三十年もつきあいのあった高校の同級生が死んだんだよ、それが同級生のうちでも一番元気なやつだった、当然、訃報を知らない連中が今でもそいつのことを聞いてくるよね、死んだと答えるたびに、ああ、あいつは死んだんだという実感が湧いてくるんだ。男は死んだ友だちを想うかのように言葉をのみこんだ。そのとき着ていた服だよ。キムは黒い喪服を受け取り、うなずいた。キムが理解したのは、男の悲しみではなく、高校の同級生と三十年来のつきあいだったということから推測した男の年だった。男の髪は白くなっていた。思っていたよりは若かった。ともかくこの服はかなり大きいよ、くたびれてもいるなぁ。男が言う。大丈夫ですよ、こういう服はどれも似たようなものでしょう。長い袖がすっぽりと手のひらまで覆っていた。なに、面接を受けに行くわけでもあるまいし。男はうなずき、喪服の袖を二回折り上げろ、と忠告した。

キムは成人男性の平均身長よりも十五センチほど小さい。キムの記憶では十四歳以降背が伸びていない。十四歳のときに父親が死んだ。背が伸びなかったのはそのときの衝撃のせいだとずっと思ってきたのだが、後にそうではなかったと知ることになった。大人になってから肩の痛みに耐えかねて漢方医に行ったおりに、壁にかけられていた「成長可能最大身長予測法」を見たのだ。父親と母親の身長を基準に何段階かの簡単な計算をする数式だ。父親の身長は母親が覚えているおおよその値を使った。母親はぼんやりとした目で、父親が自分よりも、親指から中指までめいぱっい開いた幅くらい大きかったと言った。正確なものではないが、計算してみればキムの身長の最大値は今よりもほんの四センチほど高いだけだった。キムはうつろな笑い声をあげた。少年の頃に突然に父親が死んだこと、そのために母親が近くの工場で三交代労働で働くほかなかったこと、両親から放置された少年はチビだといって友達からいじめられたこと、やるせない時間にやらかしてしまったいろいろなことを想い起こし、すべては父親の死のせいで人生の道筋が思いっきり変えられたと思ってきた。それゆえに、唯一の遺産として伸びない身長を相続させただけでなく、死によって家族を放棄した父親をなんの呵責《かしゃく》もなく大いに非難してきたというのに、そのすべてが誤解だったことに気づいたのだ。

いざ出発しようとエンジンをかけたところで、キムは女との夕食の約束を思い出した。約束の時間を一、二時間遅らせたところで、間に合いそうにない。これまでにもう二回も女との約束を破っていた。キムは自身の不注意をあやまったが、女はそのたびに、それなりの事情があるんでしょうから気にしないで、と言った。キムは必死に淋しさを押し殺す女の口調に、かえっていたたまれなくなった。女は怒るかわりに、キムが昼に何を食べたのか、休日には何をしているのかを知りたがり、自分はどう過ごしていたかを話したがり、選択の必要なことを相談したがったが、そのたびにキムに急な客がやってきて電話を切らねばならなかった。数日後、女は何度も迷ったすえの電話であることがその様子からも明らかなのに、お元気ですか？　などと近況を尋ねるような平凡きわまりないことを言っては、キムの素っ気なさに戸惑い、何を言えばよいのかわからなくなり、意味のない日常的な言葉ばかりを口にした。客が来たからもう切るよ、と言うと、もうこれ以上きまりの悪い会話をせずにすむという安堵感と、いつもキムのほうから電話を切ることへの淋しさが入り混じった口調でそそくさとさよならをした。そんなふうに電話を切ると、忙しい時にも暇な時にも不意に女の顔が思い出された。何人かが一緒の席でじっと口を閉じて座っている表情のない顔だ。女はそうやって無口に座っていたかと思うと、唐突に真面目なことを言い、冷笑を買ったりもした。もう終わった話について誰も笑わぬ冗談を言い、周囲の空気が凍ると、冗談を言う気などさらさらなかったかのように真顔に戻り、表情も固くなる。そんな女を見ているとキムは最初のうちははらはらして、やがて不快な気分に襲われたりもした。というのもそれは、キムが背の低いことを意識して気まずくなったり、自信をなくした時に、よくやることだったのだ。

女はキムに、ささやかで値段も手頃なので心の負担にはならないが、時間をかけて選んだことがよくわかる品物をよく贈ってくれた。キムが会話の中で読みたいと言っていた本や、花屋で使いそうな事務用品や、持ち歩くのにちょうどよい大きさの財布のようなものだ。女の心遣いにくらべて、箱や包装紙を開けるときのキムの手は冷たい。キムは次第に女のにおいが鼻についてきた。使っている化粧品や香水、シャンプーやリンスのにおいなのだろうが、女からは花屋と同じにおい、からみあう花々のにおいがした。キムが好むにおいは特ににおいとも言えぬもの、無臭だ。キムは花屋を経営するようになってから、どんなによい香りでも何種類も混ざり合えば、たちまち悪臭になるということをひしひしと感じた。

＊

出発した頃は道は順調に流れていたのに、南に一二〇キロほど走ったあたりで渋滞にはまった。マラソン大会のために一時車両通行止めになっているのだという。車から降りて煙草を吸っていた前の車の運転手が教えてくれた。キムはドライバーたちが好んで聞くラジオの交通情報番組が好きではないから、道路事情に疎い。そのためによくこういうことになる。通行止め区間は完全に空っぽだ。道路を走っている者はひとりもいない。選手たちはすでにこの区間を通過したのか、あるいはひどく遅れて落伍しているのか。キムは、誰かがすでに通り過ぎ、誰かがこれから遅れて通り過ぎるのだろう道路をぼんやりと眺めるうちに、いつかマラソンの中継放送で聴いたアナウンサーの言葉を思い出した。マラソンは、通常、一回に二度ずつ息を吸い、二度ずつ息を吐くのだという。キムはその言葉を思い起こし、意識的に息を吸い、吐いてみた。空気はキムの体のうちをめぐって、ふたたび空気中に力なく消えていった。それはすべて自分に起こったことであるのに、あまりに日常的で、自然で、自分とは関わりのないことのように思われた。

通行規制が解かれ、ふたたび南へと車を走らせていると、携帯が鳴った。覚えのない番号だ。花環を注文した友人かもしれない。「あの方」はもう亡くなったのに、花環が届かない、がらんとした霊安室でいたたまれなくなった友人が、まだ来ないのかと電話してきたのかもしれない。キムは電話に出なかった。品物の催促はよくあることだ。客たちはいつも届くのが遅いと文句を言う。依頼人がいつごろ届くのかと聞けば、キムは十分もあれば届きますよ、と答える。ほんの十分でも交通事情や道路事情は常に変化しているものだ。また電話がかかってきたら、近くまで来ていると答え、番地の間違っている住所を相手に言ってやる。すると依頼人はあわてて住所を伝えなおす。送り状の住所が間違っていることは実際よくあるミスだ。ときには配達の遅れが問題にならない幸運に恵まれもする。催促していた依頼人や受取人に思わぬことが起きた場合だ。花束が届く前に、プロポーズしようとしていた恋人から別れを告げられる、いきなりヤクザ者が現れて開業式をめちゃくちゃにされる、子を死産したために母親が意識を失う、といったようなことである。

料金所を過ぎると、不意に目の前の空に「葬祭場」と書かれた大きな看板が現れた。看板の下には葬祭場の開業を知らせる垂れ幕が下がり、建物の壁にひっかかったまま風に吹かれてはたはた裏返る。あたりは一面の農地。収穫を終えた荒涼たる農地の真っ只中に、真四角の葬祭場の建物が所在なく建っていた。約束の時間に遅れはしたが、他の都市から来たことを思えば、十分に理解を得られる程度の遅れだ。弔問客は日が暮れてからやってくるだろう。花環は到着の順序よりも誰が贈ったのかが重要だ。

葬祭場のほうに向かうカーブへと入ろうとしたちょうどそのとき、また電話が鳴った。電話を取ろうとしてスピードを落としそこねた。ガードレールに車がぶつかりそうだ、ハンドルを切る、タイヤが大きな音を立てる。かろうじて車は路肩に止まった。キムの動転した心をさらに煽るように電話が鳴りつづけた。花環を注文した友人だった。

「どこにいる?」

「もう着いた」

「葬祭場か?　なら、まず病院のほうに来いよ」

「どうして?」

「まだ亡くなっていない」

「……？」

「まだ生きてらっしゃる」

「まだ死んでないのか？」

問いかえして、キムは言葉を間違えたことに気づいた。生きていてよかったと言わねばならなかったと思った、が、その言葉もまた間違っているのは明らかだった。死に対しては軽々しく物言うよりは、ただ口を閉ざしているのがよい。

「なんだって、まだ死んでないかって？」

友人はため息をつくかのようでもあるし、なにか返す言葉を探しているかのようでもある。思ったままを言おうとしたものの、冷たいように感じられて言葉をのみこんだようでもある。うろたえるキムにはおかまいなしに、自分の問いに自分で答えるかのように友人が言葉を継いだ。

「もうそんなにはもたないだろう。病院で俺と一緒に臨終を待とうじゃないか」

キムは病院に行くかわりに市街地のほうに車を向けた。空腹ではなかったが、時間をつぶそうと最初に目に飛び込んだうどん屋に入った。人が死にゆく瞬間を目撃するのは気が進まない。血にまみれた出生の瞬間を目撃したくはないのと同じ理由だ。キムにとって誕生は過ぎ去ったことであり、消滅は遠い未来のことだ。葬式がはじまれば、配達員のように祭場に花環だけを置いて、また都市へと戻るつもりだった。都市に戻れば、体面と義務感ゆえに失った時間の埋め合わせをしなければならない。

食事どきではなかったので店はすいていたが、注文を取りに来るのも、厨房に注文を伝えるのも、水を持ってくるのも、料理を出してくるのも遅かった。急かしはしなかった。友人の電話からまだほんの四十分ほどしか過ぎていない。時は、きれぎれにつながってゆく「あの方」の息のように、ゆっくりと流れた。キムは生涯初めて、誰かが死にゆくのをただひたすら待っている四十分あまりについて考えた。四十分あまりの時間をさらに生きながらえることに何の意味があろうか、と思った。死が遅延するほどに薄まってゆく悲しみについても考えたが、ほとんどの時間をただぼんやりとうどん屋のガラス扉の向こう側を見て過ごした。いつものように他の場所にも届けねばならないのなら、葬式が始まるのを待ちつつ、他の場所にまずは回って時間をつぶすことができただろう。葬式の前にどこか開業式に立ち寄って、上から下へと数珠つながりに花をつけている洋蘭を置いて、小豆餅を御馳走になることもできるだろう。産婦人科に立ち寄って、まだ目も開いていない赤ん坊を抱いている産婦に夫の職場の同僚たちが贈った花束を届けたり、プロポーズをするつもりの男に箱に入れて包装された赤い薔薇の花束を届けることもできるだろう。先に死んだ誰かの葬式に花環を配達することもできるだろう。だが、この都市では死を待つほかは何もすることはない。ゆっくりうどんを食べて外に出た頃には、ようやく五十八分が過ぎたところだった。キムは、もうしばらくの間、誰かが死ぬのを待って時間をつぶさねばならぬのだろう。

ひと目で見渡すことのできる小さな市街地を通り抜ける途中、小さな商店の前で車を止めた。おでんのカンヅメのことを思い出したのだ。いつだったかこの都市に行ってきた人からおでんのカンヅメを贈られたことがあった。うどんとおでんカンヅメがこの都市の特産品の一つなのだという。贈ってくれた人が面白がって買ってきたのは間違いない。カンヅメは実のところ災害に備えてのものだった。

都市は二つの地質学的なプレートがぶつかる地点の近くにあり、ずいぶん前に記録に残るほどの大きな地震があった。それはキムが生まれた直後のことだったが、危険を警告する時には必ず言及される地震だ。補強されていない電線や水道管、ガス管が切れた。あちこちで火災が起きた。古い木造建築がまるごと揺さぶられて一瞬にして崩れた。大地が揺れれば、壁ががっちりしている建物ほど、耐えきれないものなのだ。壁から崩れ落ちてきた石で車や人が埋まった。煙突と屋根が吹き飛び、空へと飛びだした家具が人々の上に落ちてきた。道路と橋梁が破損した。地震以降、厳格な建築基準が適用された。あらゆる種類の建築物が一定基準の震動に耐えられるように建設された。耐震設計のトンネルは都市を貫通する各種の管を保護するものだった。地震発生時に電気や水道の供給を迅速に再開しようと考案されたものだ。地震の後、学生たちは定期的に避難訓練をしている。地震発生時に安全な道路を表示する地図が今も飛ぶように売れている。あるテレビ番組に出た地震の専門家が言った。このような被害がありましたが、今後起こるであろう地震に比べれば大したものではありません、本当に恐ろしいことはですね、いつ、どの都市で、地震が起きるか、誰も予測できないということです。多少悲観的な性向の専門家だった。大地の動きが見せる特定の様相から地震を予測できるとする大部分の学者とは異なる考えだった。専門家は画面をまっすぐに見て語った。つまり、たった今も、みなさんが立っているこの大地が裂けることだってありうるのです。専門家の脅しなど、キムはちっとも怖くなかった。キムにとって、地震は、どこか遠い場所で絶え間なく起きている戦争の話と大差ない。甚大な被害を受けた他国の津波や、温暖化で氷河が溶けているといったような話と変わるところはない。キムにとっては花屋の花が咲く前に萎びて枯れてしまうことや、何者かが石を投げて花屋のガラスを割って逃げたりすることのほうが、戦争や地震よりも不運なことなのだ。地震や津波のようなことは、避けようもなく誰かれなく襲いかかるもの。だから怖がる必要もない。誰もが無事なのに、自分だけに不運が襲いかかること、キムが考える不幸とはそのようなものだった。

贈られたおでんのカンヅメは保存期限が八年ほどとされていた。面白がって食べてみたが、汁はしょっぱくて、練り物はテニスボールのように大きくふくれあがり、非常時でなくては食べようのない味だった。ちかごろは、どんな孤立した状況でも二日もあれば食料供給が可能だという。その二日間を持ちこたえるために、食感が皮革のような練り物を嚙みしめなければならぬというわけだ。

キムは、店主に、おでんやうどんのカンヅメのようなものはないかと尋ねた。店主はテレビから目を離しもせずに、そんなものはないよ、と言い捨てた。いつだったかこの都市を訪れた人が買ってきてくれたのだと言えば、店主は、十六年間ここで店をやっているがそんなカンヅメは見たこともない、と断言する。キムが信じがたいという表情を浮かべると、ずっと奥の陳列棚に何種類かのカンヅメがあるから見てみろ、と言う。キムはどんなカンヅメがあるのか確かめようと、店の中に入った。いくつかの棚を通り過ぎるとカンヅメの棚になる。種類は多いが、この都市だけのものはない。よくあるツブ貝のカンヅメに、ツナやサンマやサバや蚕のさなぎのカンヅメ、幾種類かのくだもののカンヅメもあった。陳列棚までついてきた主人は、おでんやうどんはカンヅメの形では出ていないけれども、即席調理商品なら沢山あるから、それを買ったらどうだ、と勧めてきた。キムは答えずに車に戻った。葬祭場に向かうあいだ、もう何か所かの店に立ち寄ってみたが、どこにも災害用のカンヅメはなかった。

＊

キムは葬祭場の薄暗い地下駐車場に入った。線に沿って車を止める。まるで入棺のようだ。運転席に座ったまま目をつぶろうとしたそのとき、荷台に大きな空きスペースがあることに思い至った。ほの暗い荷台のなかで花環が淡い菊のにおいを放って、昼間の月のようにかすかに光っている。キムは荷台にあがり、弔花の脇に横たわった。背中から冷たい気配が伝わってくる。暗い場所で、冷たくて硬いところに横たわる、まるでお浄めのときを待つ死人のようだ。

このまま「あの方」の命が絶えることがなければ、今夜の約束はもう守れそうにはない。キムにとっては、「あの方」の死は、悲痛で厳粛な世界から離れ、停滞し遅延する時間の問題として残されていた。キムは迷ったすえに女に電話をかけた。女は、何があったの？　と聞きもしないで、わかったと言った。キムは淋しげに口を閉じた女に、自分はいま、女のところから四〇〇キロほど離れたところにいるのだが、ここでの仕事がまだ終わらないのだと話した。女がおずおずと、いつごろ仕事は終わるのか、と聞いた。自分の都合で終わらせることができるのならいいんだが、そういう仕事ではないんだ。キムが答えた。女はもう何も言わなかった。とりつくしまのない言葉に心が傷ついたのかもしれない。キムは話すたびにそんな些細で無意識の言葉に気を遣わねばならないことに一瞬苛立ったものの、仕事がまだ終わらない、いつ終わるかもわからない、ともう一度言った。女が、ことさらに、なんでもないかのような声でなにか話しはじめた。キムは女と電話している間に「あの方」が亡くなり、友人から電話が来るのではないかと気が気ではない。聞いてるの？　女の問いに生返事で、聞いている、と答えた。女がまた話しだす。キムが話を聞きはじめる。話は、デパートの顧客相談室を訪ねてきたある顧客のひどい身なりについてだった。おそらくずっとその話をしていたようだった。女は顧客が何度も使用した下着を持ってきて払い戻しを要求するのだとため息まじりに語る。身も心も疲れているようだ。キムは女の小さなため息を聞き、女がいるから多くの瞬間を耐えてきたけれども、不意に、これからは女がいる瞬間に耐えられないような気がした。もちろんキムは今まで何度も女に慰めとぬくもりをもらってきた。だが、どんなものも長くつづきはしないし、いつだってかならず消えてしまうものなのだ。キムは、いま突然に心の内で下した決断を先のばしにするのは愚かなことに感じた。もう十分に女とは距離を置いてはいるが、女の嘆きを聞くうちにもっと遠ざかりたくなって、気が急いた。女が話すのをやめた。あるいは、キムが他のことを考えている間、ずっと黙っていたのかもしれない。今度も女は、聞いているの？　と問うた。キムは、聞いていなかった、と正直に答えた。女がまた小さなため息をついた。キムはただもう電話を切りたくて、都市に戻ったら女の家に行くと約束した。キムの約束はいつでも、淋しがる女をなだめるためのものだった。このまま電話を切ってしまえば、女はさんざん迷って葛藤してついにはキムに電話をかけてくることだろう。女がうれしそうな声で、何時頃？　と聞いた。キムは、誰それが死んでから四時間後に、と答えた。女はキムとの電話ではじめて笑い声をあげた。キムの答えを冗談だと思ったのにちがいない。

　電話を切り、キムは葬祭場へとあがっていった。一階にある祭場の大理石の祭壇に遺影がぽつんと置かれているだけ。四つの階に全部で十三ある祭場の全部が空いていた。喪主も弔問客もいない、果物や花、線香もない祭壇の上に置かれた遺影には、ぎくりとさせられる。亡くなる前に気の早い遺族が祭場に遺影を置いたようだった。写真の主は白髪まじりの髪をオールバックに整えた老人だ。時がずいぶんと経ったことを考え合わせても、キムが以前に知っていた「あの方」ではなかった。写真の主は愉快で茶目っ気のある目で微笑んでいた。まだ死なずにいるのに自身の死を哀悼する場に先にやってきていることが可笑しい、という表情だ。キムはがらんとした祭場でその写真を見て、自分が生きているということを実感した。もう死んだか、あるいはまもなく死ぬのは、遺影の主であって、自分ではない。キムは一度も死について真摯に考えたことがないことに思い至ったが、そこまでだった。キムは生きている、死についてなら、それが目前に迫るまで――それは遥か遠い日のことだろう――考えたくなかった。

闇が「あの方」の息のようにゆっくりと降りてきた。キムは葬祭場の入口に立ち、闇の陰影のなかに荒涼とした風景を潜ませている農地を眺めていた。誰かがキムのそばに来て、火を貸してくれないか、と言った。黒い背広を着た男だった。がらんとした葬祭場で、その男もただただ義務感で誰かの死を待って時間をつぶしている者なのではないか、とキムは思った。やはり同じような目でキムを見やる男の背広は全体がしわになっている。黒いネクタイを締めたワイシャツには点々と赤い汁のシミがついていた。これ、やだなぁ、ユニフォームがまたよごれちゃってる、昼も仕事をしてきたんですけど、いらないと言うのに無理に勧められてユッケジャンを食べたんですよ、ユッケジャンもそうしょっちゅう食わせられたらねぇ。キムがシャツについたシミをじっと見るのを気にしたのか、男が言った。ユニフォームという言葉にキムはひそかに笑った。そういえば、駐車場で互助会の車が停まっているのを見たような気がする。どちらからいらっしゃったのですか？　男が聞いた。花屋だと言うと、今回はまだお亡くなりになってないのですか？と尋ねる。キムが困惑の表情でうなずく。男がキムの窮状を理解するかのように微笑んで言う。私もそうなんです、もしや同じ方なんでしょうか？

葬祭場からかなり離れた国道に着くまで友人から電話はかかってこなかった。互助会の職員と一緒に誰かが死なない状況をずっとぶつぶつと言い合うことになりそうで、散歩がてら歩き出したのが長くなった。キムは国道の路肩に立って葬祭場のあるほうを眺めた。灯りのついた大きな看板をぼんやり見上げて、まだ死なないようだな、と呟き、よからぬ思いを口に出したことに驚いて黙り込んだ。

そのとき電話が鳴った。友人の電話だったなら、キムは自分が死を催促したのだと罪の意識を感じたかもしれない。まだ終わらないのですか？　女だった。安堵すると同時に、苛立った。その苛立ちゆえに、キムは自分の心が女から離れたことをあらためて悟った。今後、女に電話をかけることはさらに減るだろう、たまに会ったとしても退屈なことだろう、口調も不愛想になって、笑うこともどんどん少なくなるだろう。そうなれば、女は、さらに電話をかけてきて、自分に対していいかげんで無関心なキムを理解しようとしたあげくに、ある日不意に淋しさと空しさに耐えきれなくなり、カッとなって怒りをぶつけるだろう、そうしてしばらくすると怒ったことを謝るだろう。そんなことをしばらく繰り返して、ついにはせめて心だけでも返してもらえぬことを悔しがり、キムを恨み、憎むことに時間を費やすだろう。そのうち、突然に、こんなことを繰り返すほどにはキムを愛してはいないことに、ひょっとすれば最初から愛などなかったことに気づいて、心が穏やかになると同時に、虚脱してしまうことだろう。キムとしてはその瞬間を待つほかはない。なんとなれば、そうなってはじめて女を切なく思うのかもしれない。

キムは冷淡だった口調をあらためた。君が急かすならば、俺は「あの方」が早く亡くなることを祈らなくてはいけなくなるんだよ。女が笑った。女が笑うと、キムはまた気がはやった。女がいつまでもキムの本心を知らぬままではいけない。キムはまだ笑っている女に、いきなり、そこまでだ、と言った。女は意味がわからず聞き返した。何が？　キムは、すぐに、冗談はそこまでだ、と言おうかどうか考えた。暗い土地に唯一の光と言えば葬祭場の看板だけの場所で別れたくはなかった。そしてキムがずっと考えてきたこととは違って、今のこの考えはどうかすると思いつきのようなものともいえた。南に四〇〇キロあまり走ってきて待ちつづけたせいか、疲れてそんな気持ちになったのかもしれない。女が聞き返した。何がそこまでなのですか？　知りたがる女にキムが言った。おれたちだよ、おれたちが一緒にいることだよ。女が一瞬黙り込んだ、かと思うとこう言った。チーム長が探しているから、行かなくちゃ、気をつけて来てくださいね、その方が早く亡くなることを祈っています。電話が切れた。気持ちが楽になると思っていたのに、キムの心は重く沈んだ。

国道はもう闇に溶けて先が見えない。キムはその場にうずくまり、煙草を取り出してくわえた。車体の大きな車が一台、通り過ぎてゆく、地面が揺れ、騒がしい風が吹き、真っ黒な煤煙が降り注ぎ、そして静かになった。煙草を三本、たてつづけに吸い、その場から立ち上がろうとしたとき、キムが座っているほうへと何かがゆっくりと近づいてきた。白くて小さな点だった。点は動きつづけて、次第に大きくなる。近づくにつれ、正体不明の形の中からだんだんと確かな姿が現われでる。白いスポーツウェアだった。胸と背に数字の書かれたゼッケンをつけたマラソンランナーだった。その男がそばを通り過ぎるとき、フフ、ハハ、と鼻と口で一定の間隔で吸って吐く安定した呼吸音がはっきりと聞こえた。キムは闇に包まれた国道の中へとマラソンランナーが次第に消えてゆくのを見守った。男は揺れる白い点になり、だんだんと小さくなり、ついに隠れるように姿を消した。その完全な消滅は、むしろ、闇の向こうの見えない場所へと道がつづいているのだという思いを抱かせた。キムは引き寄せられるかのように、白い点をのみこんだ闇のほうへと足を踏み出した。

いくらか歩いたところで背後から低い口笛が聞こえた。キムが立ち止まる。闇の中で姿を現したのは、キムのものと同じ種類のトラックだった。風の音、タイヤの音、荷台に置いた品物ががたがたとする音、のようなものはなかった。聞き間違いかと思ったが、トラックが脇を通り過ぎるときにまたはっきりと口笛が聞こえた。闇に身を潜めた運転手が吹いているようだった。キムは口笛だけを吹いて全速力で走るトラックをなんとなくじっと眺めやった。スピードを落とすことなくカーブを無理に曲がってゆくトラックが、キムの眼差しに驚いたかのように、不意に車体を傾けて路面を滑りはじめた。トラックはあっという間にガードレールにぶつかって横倒しになり、驚いたキムが短い叫びをあげる間もなく火があがり、たちまち熱気に包みこまれた。運転手は見えない。火はもうすでに運転手をのみこんでしまったのか、その前になんとか逃げ出したのか、わからない。トラックをのみこんだ炎がまたたく間に夜の国道を照らした。

キムはその光を眺める、やがて携帯をとりだす。警察、救急隊、病院の応急センターにかける代わりに、女に電話をする。女は電話に出なかった。顧客の不満を聞いているところなのか、本気で怒っているのか。キムは燃え上がる炎を眺めながら、携帯を耳に当てつづけていた。しばらくして電話に出た女は何も言わなかった。受話器をとおして女のかぼそい息の音がする。静かで規則的な音だ。その音が妙にキムの心を落ち着かせた。キムは女の呼吸に合わせて息を吐き、吸い込んだ。女と呼吸を合わせるならば、少し早めに息を吐かねばならない。何度か試みた、だんだん息を合わせるのが難しくなっていったそのとき、キムは突然女に愛を告白した。女は黙っている。女が何も言わないのは怖かったが、なにか言われるのも怖い。キムは女に隙を与えぬよう、ひたすら思いつくまま話しつづけた。長い間じっと女を眺めていた歓びを、女とはじめて偶然に肘が触れときの弾んだ心臓を、はじめて女と手をつないだときの嘘のようにも思われたぎこちない感覚を、キムを落ち着かせてくれる柔らかな息の音を話した。女に愛されないのではないかという不安感を、女を愛していることに気づいた瞬間のときめきを話した。話しながら、キムは、女に言った言葉はどれも、今まで一度たりとも考えたことのないことばかりだということに気づいた。自分の言葉はすべて、どこかで読んだか、誰かから聞いた話のようだった。あまりにも使い古されて、陳腐で、本心とは思えぬ言葉だった。半面、だからこそ本心のように聞こえもした。

自分自身もわからぬ言葉を言いつづけるのは、ただただキムが夜の国道にひとり立っていて、近くに光を放つものといえば葬祭場の看板と燃えあがるトラックだけしかないからなのかもしれない。看板は遠くからでもはっきりと見えるよう光り輝いているのだが、それゆえ建物を指し示すというよりも、闇に埋もれた都市全体を指し示すように見えた。もしかしたら、すべての学生が定期的に地震に備えて訓練をし、住民は地震発生時に安全に家に帰るための地図をお守りのように持ち歩いている都市にいるからなのかもしれない。災害に備えるうどんとおでんのカンヅメがこの都市で長いこと商売をしてきた者にもわからぬどこかで売れていて、不確かな災害の脅威の中で、誰かがただ単に老衰で死にそうで死なずに生きつづけているような都市だからなのかもしれない。万一キムが暮らす都市であったならば、そんな不安や怖れがなかったならば、キムは女に対して相も変わらず無愛想であったろうし、たまに女にやさしくすると女が誤解するのではないかと戦々恐々となっただろう。

女が口を開いて、なにかあったのかと問うた。その平易な問いからは自分の告白が女を喜ばせたのか、胸弾ませたのか、不快にさせたのか、怒らせたのか、まったく想像がつかなかった。キムは女に告白している間じゅうずっと、自分がまるで自分ではないように感じられたのだが、その感覚ゆえに告白の一部は真実なのかもしれないと思った。

だが、本心とは関わりなく、女の気持ちとも関わりなく、恐怖がもたらした告白であるがために、キムはたちまち恥ずかしさを覚えるだろう、どの言葉も取り返しがつかず腹が立つことだろう、その言葉を呼び出した状況と感情をひたすらごまかそうとすることだろう、それでもあのとき心を揺さぶった感情の輪郭が何であったのか、考えることだろう。そう思うや、キムは不意に電話をぶつりと切った。女が先に電話をかけてくるのではないかと思い、その電話に出るべきか出るまいか考えたが、電話はかかってこない。トラックはいまなお猛烈に燃えあがっている。キムは地面に突き刺さっているかのようにじっと立ち尽くし、弔燈のように煌々と光るその炎を見つめていた。

少年易老

ユジュンの家には部屋がいくつもあった。ソジンは特別な時でなくとも、ユジュンの家によく泊まった。夜も遅くなって泊まらなければならなくなると、ユジュンのお母さんが部屋を用意してくれた。廊下の突きあたりの部屋。主に工場に来るお客様が泊まるときに使う部屋だ。ユジュンはソジンと一緒がいいと言ったが、ユジュンの部屋はそれだけの広さもあったが、両親はそれを許さなかった。ユジュンは臆病で生真面目だ。神経質で気難しい親の言いつけどおりに、家の中だけで遊ぶことにも不平を言わない。

ユジュンのお母さんは日常生活の中で守らねばならぬ原則の多い人だった。玄関に入る前に足踏みをして靴についた土を払い落とす、朝起きたら白湯《さゆ》を一杯のむ、といったことだ。寝ること食べることにもいくつか原則があった。そう面倒なことではない。決まった場所で寝ること、食事中は水を飲まず、口に食べ物を入れたまましゃべらないこと、その程度のことだ。そのくらいならソジンの親も注意することはある。だが、ソジンのお父さんは、どちらかといえば、寝るのなんかどこでもかまわない、飯など食えさえすればいいというくちだから、すべてはそのときの気分だ。

ユジュンのお母さんは小さくてがりがりに痩せていた。椅子に腰かけているときもつねにピンと背筋が伸びている。団欒《だんらん》の場ですら、楽な姿勢で座るようなことはありえない。家にいるときには居間のソファにぴしっと座って本を読む。ユジュンとソジンは邪魔をせぬよう、ユジュンの部屋に閉じこもっているときも声を低める。

ユジュンのお父さんはシャツをだらりとはおって、腹水が溜まってふくらんだ腹を突き出している。顔は赤く火照って、息も苦しい。近くに寄るだけで薬のにおいが鼻をついた。いつもソファにもたれかかったまま、粉薬を飲んでいる。丸薬もたくさん服用している。きっとそのせいだ。汗や水でじっとり湿ったシャツの前裾からにおいは漂いだしていた。お父さんはそんなことは気にもしていない。不快なにおいを嗅ぐのは自分ではない他の誰かだから。元気だった頃はほとんど工場で過ごし、家では頑丈な木のドアで閉ざされた書斎にこもっていた。工場の規模はもう以前のようではない。この都市を走る自動車は、その大部分がユジュンのお父さんの工場で生産された部品を使っているのだと噂されていた。今はもう違う。すべてが少しずつ変わりつつある。

ユジュンのお父さんはけっしてソジンに話しかけない。ユジュンに対してもそれは変わらない。見えていないかのようにふるまった。そのかわり、ちらっと見るか、まるでユジュンがお父さんのところにいくのは、薬を持っていくときか、なにか許可をもらわねばならぬときだった。外出するときや、お金が必要なとき、たとえばソジンと一緒に出かけたいときがそういうときだ。そうするよう命じたのはユジュンのお母さんだった。お母さん自身がその類の判断ができないほど忙しいわけではない。お母さんはそのすばらしい家事能力、家族に対する気遣い、献身を、空気のようにあたりまえのこととユジュンに思ってほしくはない。なにより、息子にとって頼りになるのは自分だけということを思い知らせたい。だから息子を病いの色の濃い夫の前に立たせる。

それを楽しむ。

ユジュンのお父さんはすでにお母さんが決めたことをくつがえしはしなかった。それなのにかならずユジュンは、お父さんのところで、お父さんが病気であることを思い知る時間を過ごさねばならない。お母さんの決定を伝えているのにほかならないユジュンの言葉に、お父さんはただうなずくだけだ。なにか気に入らない様子で、なかなか首を縦に振らないこともあった。ときには、ソファの後ろやドアの前に立っているソジンにもユジュンのお父さんの声が聞こえた。声がするとソジンはハッと驚く。大声で怒っているかのようだ。しかし、お父さんはけっして怒り声をあげたりしなかった。聞こえてくるのは、痰《たん》を切って吐き出そうとする音、深い呻《うめ》きが長いため息に変じた声。それからようやくのことで、沈黙に耐えつつその異様な音を体罰のようにじっと聞いているユジュンにうなずいてみせる。許可をもらって振り返るユジュンからはどんな表情も読みとれなかった。もしも喜んでいるとすれば、それはお父さんの許可が出たからではなく、もうこれ以上お父さんと一緒にいなくてもよいからなのだろう。

よそよそしい気配の漂う客室には、かすかなカビのにおいがする。ずっと閉めきったままなのだ。窓の掛け金は錆びて、空気を入れ替えるにはユジュンのお母さんの手を煩わさねばならない。室内はきちんと整頓されてはいるが、いい感じはしない。小さな簡易ベッドと木製の飾り棚と何冊かの本があった。顔のゆがんだ男が椅子に座って絶叫する陰鬱な絵もある。大きな鏡がベッドの足元に置かれている。朝、目覚めて体を起こすたびに、鏡に何かがゆらゆらと映っているかのようだった。ずいぶんとあとになって、その部屋は北向きなのだと気づいた。ほかの部屋にくらべてひときわ冷気を感じるのもそのせいなのだった。夏や初秋のように気候がよいときならばまだいい。寒くなると体がだるくなる、なんだか風邪っぽくなる。ユジュンのお母さんは冬でもけっして暖房の温度を上げてくれなかった。洗濯済みの余分の布団はないからと、客室の薄い肌掛け布団だけを使わせた。朝、ユジュンのお母さんが揺すって起こすまで、ソジンは布団にぐるぐるとくるまって縮こまっている。

寝ぼけまなこで見あげるユジュンのお母さんの目は険しく、黒い。パーマの髪はぼさぼさに乱れている。厚手の室内用ガウンを羽織った体は大きく見えた。その大きな後ろ姿がベッドの足元の鏡にそのまま映った。お母さんは冷たい目をして、ソジンがベッドから起き上がり、つぶれそうな目で顔を洗いにいくのをじっと見ている。お手洗いで誰かが小用を足す音がして、さらに痰を吐く音がしたなら、それはユジュンのお父さんだ。お父さんは、よその家の塀に立小便をして見つかったかのような表情で、お手洗いの外に立つソジンをちらりと見る、そして重い体をゆっくりと引きずるように奥の部屋へと戻ってゆく。

顔を洗うとソジンは客室で待たされた。ユジュンのお母さんがソジンをユジュンよりも先に起こすからだ。ようやくソジンが食卓につくと、ユジュンのお父さんが薬のにおいをさせて肩を落として歩いてくる。冷やかなユジュンのお母さんの表情も、ユジュンが現れるまでのことだ。ユジュンのお母さんは食卓につく息子にやさしく笑いかけ、いまはじめて顔を合わせたかのように、向かいに座るソジンによく眠れたかと尋ねる。こうして朝食がはじまる。食事中に水を飲まない、食べ物を口に入れたまましゃべらないという規則を守っての、黙々とした静かな食事だった。

そんな冷遇と不自然な沈黙にもかかわらず、ソジンがユジュンの家に頻繁に出入りするのは、格別の友情ゆえのことだけではなかった。やさしくないお母さん、病臭を漂わせるお父さんに興味を感じてのことでもない。ソジンが心惹かれたのはユジュンの家だった。はじめて家の中にあがったとき、ソジンはなぜユジュンがクラスで浮いているのかを理解すると同時に、級友たちに対する反感を覚えた。家の中の深閑とした静寂に魅入られた。音がうわんうわんと響く空っぽの部屋の静けさと物寂しさへの憧れは、病気への恐怖やユジュンのお母さんに感じる淋しさよりも大きかった。

薬のにおい、病気のじめじめした感じなどはたやすく我慢できた。短気を抑えることができず、なにかにつけて喧嘩っぱやく、女房に暴言を吐き、工場での難しい仕事にいつも不平ばかりを並べるソジンのお父さんにくらべれば、寡黙で薬のにおいを漂わせるユジュンのお父さんは学者のように物静かで、寛大だった。ソジンのお母さんは、言うことを聞かない息子たちに手を焼いて、年の割に老けこんで、もう背は丸まり、白髪もひどく目立ち、黒ずんだ目元には濃い疲労の色がありありと見えた。ユジュンのお母さんが工場の労働者や幹部、さらには家族まで抱えて、痩身にもかかわらず大の男のような力をみなぎらせているならば、ソジンのお母さんは失業対策の公共事業に出てくる貧しい老人のように萎びて疲れていた。

ソジンのたくさんの兄弟たちは、いつもわずかな餌を狙っている鳥の群れのようだった。あたりまえのように他の兄弟の持ち物を勝手に使い、日記帳や手帳を盗み見する。ソジンは兄弟たちと一緒にいたくなかった。その点からもユジュンの家はちょうどよかった。

ユジュンはほとんど家に閉じこもっていた。気難しくて、あれこれ禁止の多いお母さんのせいでもあったが、気の合う友達がいないからでもあった。級友たちの親の多くは、ユジュンの家が経営する工場で働いていた。そのことを誰よりもユジュンが意識しているということが、いつも問題を引き起こした。ユジュンは暮らし向きのよくない家の子に不自然なほどに気を遣うのだ。そうせざるをえないことへの疲労感を隠すこともない。ほかの子らには癪《しゃく》に障ることだったが、ソジンにとってはとりたてて問題にもならない。級友たちがユジュンを自動車野郎と、ソジンをウィンカー野郎と呼ぶのも気にしない。そうなればユジュンはますますソジンを頼りにした。ユジュンの気を惹くために努力する必要がないのは幸運だった。自分の家をソジンが仲の悪い兄弟からの逃げ場所にしていることを、ユジュンは知らなかった。

　部屋が多くて大きくて静かな家をソジンがひとりじめする時もあった。それはなぜかユジュンのお父さんが入院したときにかぎられた。家政婦が外出していないときには、ユジュンがお母さんの服や小さなカバン、封筒のようなものを急遽工場に届けることもあった。ユジュンは自分が戻ってくるまで待っていろとソジンに言い、ソジンは仕方なさそうにうなずいた。

　居間の大きな窓からは陽光がたっぷりと差し込んでいる。陽の当たり具合で床は暖かかったり冷たかったりもする。ソジンはぎしぎしと軋む床を踏んで、足元にふたつの温度を感じて、からっぽの空間へと、そっと入ってゆく。居間を中心にして、細かな柄の壁紙に派手な装飾の家具のユジュンのお母さんの部屋、棚の本の並びを覚えてしまうほどのユジュンの部屋、病気の気配とじめっとした湿り気の漂うユジュンのお父さんの部屋、そして衣装部屋がある。衣装部屋を過ぎると廊下にぶつかる。あとからつなげた別棟との間を結ぶもので、その奥に書斎と客室がある。壁になにも掛けられていない廊下の方へと行けば、一歩すすむごとに陽射しが弱くなってゆく。だんだんと地中に潜ってゆくような心持ちでソジンは書斎のドアを開く。

　部屋に並べられている本、本の後ろに隠されたノート、ひきだしの中のきれいに清書された書類、古びた分厚い帳簿、空のティッシュペーパーボックス、工場を見まわって撮った写真、内容のわからぬなぐり書きのメモ……、そういうものをソジンはじっと覗き見る。誰かが現れやしないかと不安に思いながらも、厚い革張りの大きな椅子に座る。ときには円い筒に差し込まれた万年筆を手にしてみる。ドアの外の音に耳を澄ませながら、流麗で細くて長いユジュンのお父さんの字を虚空に真似して書いてみる。机のひきだしの中の物も、ひとつひとつ取り出してゆく。一番左側のひきだしには、印刷がかすれた航空券と遠い場所のホテルの宿泊領収書、何も書かれていない葉書、漢字で書かれていて名前も所属も読めない名刺、電源の切れている録音機とそれとは別の電子製品の充電器がごちゃごちゃと入っている。一見したところ秩序がない、でもきっとなにかルールがあるのだろうから、元に戻すときにはいつも細心の注意を払う。そうしていろいろな物を触っていると、居間か廊下のほうから木の床がぎいっと軋む音が聞こえたような気がする。ソジンは手にしていた物を置いて、すばやくドアの裏側の壁に身を寄せる。家には誰もいないことはわかっている。が、身を隠す場所がない不安を拭うには何の役にも立たない。

しばらく音がしないのを確かめると、今度は机の真ん中のひきだしに手を伸ばす。ひきだしはいつも固く閉じられていた。そうとわかっていながらも、毎回しっかり鍵のかかったひきだしを揺らしてみる。ソジンが揺すれば、ひきだしの中の物もかたかたと動いた。そこは、ただひとり、ユジュンのお父さんだけが、小さな都市にいくつもない工場のひとつを経営し大きな家を取りしきる者だけが、持つことのできる秘密の空間だ。

ひととおりのことを終えると、ソジンはすばやく居間に戻ってソファに座る。心臓がどきどきする。ひきだしの中の物に想像をめぐらす。そこには、ソジンが兄弟たちに見られたり取られたりするのがいやで、カバンに入れていつも持ち歩いている日記帳や、プレゼントでもらったキーホルダー、安物の布製財布などとはまったく違う物があるはずだ。ソジンには到底思いつくことも想像することもできない物が。

ユジュンの十三回目の誕生日の数日後のことだった。居間のほうからドンッという音がした。ひとりユジュンの部屋にいたソジンは驚愕した。とっさにコンピューターの電源を切った。家で待っていろと玄関の暗証番号を教えてくれたのはユジュンなのだが、こっそり忍び込んだような心持ちだった。居間のほうには何の気配もない。すぐに部屋に来ないことをみればユジュンではないようだった。ユジュンのお母さんだろう。それ以外考えられない。工場から持ってきた機械を床に置いたか、重くて大きな家財道具を運び込んだかしたような音だった。

ソジンは部屋で凍りついていた。ユジュンのいない家でユジュンのお母さんと顔を合わせたくはない。部屋に入り込んで腰をおろしてコンピューターを覗き込んでいるソジンを、いやな顔をして見るにちがいないのだ。ユジュンがいないときには、ユジュンのお母さんはあからさまに皮肉を言い、冷笑もした。

ソジンはベッドに背筋をピンと伸ばして座って、待った。荷物をひきずる音だとか、ユジュンのお母さんが誰かを呼んで、これを動かしてちょうだい、と命じる声のようなものを。ソジンは息を殺し、自分の呼吸音が思いのほか大きいことにひどく驚いた。ドアの外に気配が漏れ出れば、ユジュンのお母さんに問いつめられるだろう。どうして部屋にこっそり隠れているのか、しょっちゅうこういうことをしているのか、留守の家で何をしているか、と。ソジンはハッとしてポケットをまさぐった。ぐるぐる巻きにしたイヤフォンが出てきた。言うまでもなくユジュンのものだ。借りていたのだ。それを机の上に置くと、少し安心した。

ソジンは音を立てぬよう、そろそろとユジンのベッドに横になった。突然ドアが開いたときのことを思うと、これよりもよい方法はなさそうだった。ベッドに横になって、目をつむって、ドアの外の物音に耳を澄ました。ユジンならば事情を説明する必要も何もないのに、ユジンは現れない。

時が過ぎた。どれだけの時間が流れたのか。静かだ。ドアの向こうからはまったく音はしない。ユジンのお母さんの音ではなかったことがわかるくらいには時間が流れた。ソジンはベッドから起き上がり、そっとドアを開けた。家の中は静かだった。人の気配はない。少しだけドアの外に出てみた。自分の持ち物のなかには、この家の物は何ひとつない。だから勇気を奮い起こした。

巨大な水牛が前進するかのような形で置かれたソファの脇でそれを見た。それは床の上に横たわり、大きく膨れた腹を突き出してぴくりとも動かなかった。ひっくりかえったときに前裾の濡れたシャツがめくれあがって、腹がむきだしになっていた。肉が膨れるだけ膨らんで、皮膚が透きとおって、青い血管が浮き出している。ユジンのお父さんだった。目を固く閉じていた。死んではいない。かすかに上下する丸い腹がそれを教えてくれた。お手洗いかキッチンに行こうと起きだしてきて、体のバランスを失ったのだろう。

ソジンはユジンのお父さんが目を開けるんじゃないかと怯えながらも、床にころがっている巨大な体から目を離せない。今は死んでないけれども、放っておけば死んでしまいそうだ。少なくとも深刻な状態にはなるだろう。ユジンのお母さんの姿が頭に浮かんだ。迅速な行動で適切に医学的な対処をする姿ではなく、ソジンを嫌い、疑い、なぜここにいるのかと怒鳴る姿が。ユジュンが不在の家にひとりでいたのは初めてのことでもないのに、ユジュンにまで誤解されそうな気がした。万一、これまでにこの家で何か大切な物がなくなることがあったとすれば、まちがいなく疑われるだろう。

ソジンはそろそろと歩いた。ユジュンのお父さんはまだ息をしている、ただそれだけを考えた。足音を立てないように注意して玄関を脱け出す。広い庭を一気に横切る。逃げ出したのは自分の父親のことを思ったからだった。ユジュンのお母さんはソジンのお父さんを呼び出して、息子の躾《しつけ》についてたっぷりと非難を浴びせることだろう。お父さんはソジンに代わって謝罪しなければならない状況に追い込まれるかもしれない。嘘ではないが、それがすべてではなかった。ソジンは怖かった。死んだ人間をいちばん最初に見て、それを知らせて、人びとにその状況をくりかえし話さねばならないことが怖かった。

工場はすべてユジュンのお母さんに任されることになった。それはユジュンのお母さんが家を空ける時間が増えるということを意味した。ユジュンのお父さんは六か月ほど入院したすえに退院した。もうただ息をしているだけ、なにもできない人間になっていた。その姿はソファの脇に倒れていたときと特に変わりはない。ただ、少し太って、目を開けていた。退院後は寝たきりになった。看病人の介助を受けて、チューブで食べ物を流し込み、寝たままで用便もするという。

どういうわけか、たまに看病人がいないこともある。そうなるとユジュンがその代わりをした。小便でいっぱいの尿瓶を空にして、忍耐強く水と薬を口に流し込んだ。その間ソジンはベッドの足元の方に立ってユジュンのお父さんを見ている。ユジュンのお父さんはぴくりともせずに横たわり、瞳ばかりがせわしく動いて、不意に目を剝く。ソジンを見るわけではない。天井や虚空を見ているのだ。ときおりユジュンのことも眺めやる。けっして目をつむるまいとするかのように目を剝いたまま、視線は動かない。ソジンは、瞳がくるくるとせわしく動いていたかと思うと不意に止まる、そのことの意味がわからなくて怖かった。なのにユジュンのお父さんから目が離せない。あの日、ユジュンのお父さんが自分を見ていないという確信が欲しいのだ。ユジュンのお父さんはけっしてソジンに視線を向けなかった。ソジンは安心した。とはいえ、瞳に宿る、あの、心を圧するような影が消えたわけではない。ソジンは力をふりしぼって瞳をくるくる動かすユジュンのお父さんが怖かった。瞳の努力を無視するユジュンが怖かった。この恐怖がユジュンに伝わってしまいそうで怖かった。

戦争みたいなものよ、とユジュンのお母さんは言った。そして中学生のユジュンの顔を小さな子どものようになでた。みんなが銃で狙っているの、工場と私をね、おまえのお父さんはさっさと戦死したというわけだね。ユジュンのお母さんが突然くすくすと笑った。お母さんを見るユジュンの目に憐みの色がすっと浮かんで、消えた。ソジンはユジュンのそんな表情を不安な心で感じとる。

ユジュンのお母さんはますます神経質になった。不信がつのっていった。厳しくはあったけれど、ときには優しく微笑むこともあったその姿は、今はもうすっかり消えてなくなった。何者かに工場と家を狙われているという思いで頭はいっぱいになっていた。ユジュンにまでなにごとか執拗に責めるように問いつめることが多くなった。ソジンがいようとも関係ない。ユジュンがお母さんに必死で言い訳するのを見ていなければならないこともあった。ユジュンはひどくしどろもどろなので、本当のことを言っていても嘘をついていると誤解された。ソジンの目にもそう映った。ユジュンのちっぽけな嘘や言い訳すら見逃せないほどに、お母さんは周囲の嘘や偽りに苦しめられているようなのだった。

ソジンは家で両親が話すのを聞いて、ユジュンのお母さんが経営を担うようになってから工場に不満を持つ者が増えたことを知った。ソジンのお父さんもまた、ユジュンのお母さんのやり方は前より悪くなったと言う。ユジュンのお父さんは労働者に深い愛情を持って、必要とあらばどんなものでも用意すべく努力した。なのに、ユジュンのお母さんは、労働者が寛大な待遇を願っていることに気づかぬふりをした。近い将来、主な取引先である自動車会社が売却の危機に陥り、下請業者の運命に影を落とすであろうことを、ユジュンのお母さんは知らなかった。

ソジンはそれからもずっとユジュンの家に出入りした。ソジンは見た。家族みんなでいつも座っていた六人用の大きな食卓が使い途を失っていくのも、午前にわずかに換気をするほかは一日中家じゅうの窓のカーテンを降ろしたまま、外部の視線を遮断していることも、ユジュンのお父さんが出張のたびに外国の空港で買ってきたお酒がぎっしり並べられていた飾り棚に少しずつ隙間ができてゆくことも、深夜に六人用食卓にユジュンのお母さんがひとり腰かけてぶつぶつ呟きながらお酒を飲んでいるのも、経済的事情で看病人と家政婦をパートタイムに変えたのも、すべて見た。そうなるまでさほど時間のかからなかったことに、ひそかに衝撃を受けた。

ユジュンは急激に肥りだした。異常の兆候のようでもあった。たとえば身体的無気力の、あるいは精神的な落ち込みの。肥ったせいで学校でいじめられるようになった。工場が危ないという噂も級友たちの露骨ないじめを勢いづけた。ときにはソジンでさえ助けられないほどになり、ユジュンは前にもましてソジンを頼りにした。ソジンが他の子たちと一緒にいると、表情がこわばった。目が険しくなり、ソジンに対してあからさまな要求をするようになった。何時に来いとか、泊まっていけとか、約束を断って自分と会えとか。ソジンは黙ってユジュンの要求に従った。一度ユジュンから離れてしまえば、もう友達ではなくなってしまいそうな予感がしていた。

客が訪ねてきた金曜の午後、ユジュンのお母さんは朝から慌ただしく動いていた。家じゅうのドアが久しぶりにいっせいに開かれた。部屋のドアを開けて病床の臭いを払っている間、ユジュンのお父さんはぼんやりと横たわったまま天井を眺めている。ユジュンのお母さんはお父さんがいる部屋のほうなど見向きもしない。うっかり視線がいったとしても、すぐさま冷ややかに目をそらす。

客は風采もよく、油をつけた髪はオールバック、声も豪快な老人だった。家に入ってくるのも騒々しかった。ひどく耳障りな音がすると思ったら、丸い鳥籠の中の鳥の鳴き声だった。老人は、甲高くて単調なトーンでつまらなそうに鳴く鳥をユジュンに差し出した。ユジュンはしかたなく鳥籠を受け取る。老人はまるで小さな子どもの相手をするようにユジュンにウインクをしたり、おどけた表情をしてみせる。愛想よくソジンのことも見たが、ユジュンの友達だと聞くとたちまち無表情になった。老人はユジュンのお母さんと一緒に奥の部屋に入って、ユジュンのお父さんに会いもした。倒れて寝たきりになってからというもの、誰も握ることのなかったユジュンのお父さんの手をためらうことなく握り、布団をとんとんと優しくたたいた。ユジュンのお母さんは距離を置いたまま、品定めをするような目でその光景を見つめている。

お母さんは客と一緒の場にユジュンが落ち着いて堂々とした態度で同席することを望んだ。ソジンもユジュンと並んで老人の向かい側に座らねばならなかった。露骨に嫌悪の色を浮かべるユジュンのお母さんの視線も無視して、ユジュンがソジンをひそかに引き寄せて離さないのだ。老人とユジュンのお母さんは見た目の年の差にもかかわらず、古くからの友人のようにくだけたやりとりをしている。ユジュンのお母さんは気を遣って、いつもの神経質で気難しい物言いではなく、柔和な態度を見せていた。老人と声を低めて見込みなき回復と不作為の治療について話し合っていた。その言葉の意味を理解するや、ユジュンは表情をこわばらせた。

ソジンは空気を察して立ち上がる。今度はユジュンも引き止めない。ソジンは廊下の方へと行く。話は長くなりそうだと思い、注意深く書斎のドアを開ける。ベッドに寝たきりのユジュンのお父さんを見にいくよりはましだ。ただそう思った。ユジュンのお母さんやユジュンは、ソジンは当然に客室に行ったと思うことだろう。そんなことを思う暇もなくおしゃべりな老人の相手をしているのかもしれない。

重い木のドアを押して閉めてしまえば、もうどんな音も聞こえない。ソジンは椅子に腰をおろし、暗く静かな書斎を見まわした。部屋の主の長きにわたる不在にもかかわらず、書架にびっしりと並べられた本、書架の上に置かれた装飾物まで、すべてがそれぞれの位置にぴたりと収まっていた。机のひきだしを開けて、変わりなくそこにある物をひととおり見てゆく。

最後に真ん中のひきだしに手をのばした。なにかがすこし違う、それがなんであるのか、すぐにわかった。そろそろとひきだしを引いてみる。鍵のかかっていないひきだしはすぐに開いた。からっぽだった。きっとユジュンのお母さんがひきだしを開けて、なかにあった物を使ったのだろう。ソジンの困惑にもかかわらず、からっぽのひきだしは実に自然に感じられた。書斎の風景は今はまだ何ひとつ変わっていないが、すぐにからっぽになってしまいそうだ。ソジンは自分の物が盗まれたかのようにひどく腹が立った。どうしてそんな心持ちになったのか、考える間もなくいきなり書斎のドアが開いた。

ユジュンだった。老人から解放されたユジュンはソジンを探して客室に行ったのだろう、そこにいないから書斎を覗いてみたのだろう。ユジュンはしばし立ちつくし、そしてゆっくりと机に近づいた。ソジンは自分の方へと歩いてくるユジュンの顔をまっすぐに見た。ソジンはユジュンにも腹を立て、そのことに戸惑い、ついに言い訳をしそびれた。ユジュンもまた、からっぽのひきだしを手にしているソジンに何も問いはしない。電気もつけずに何をしているのか、どうしてひきだしを開けたのか、そう問いただしてもちっともおかしくないだろう。なのに、なにひとつ聞かない。ただソジンの失望を察したかのように、開けっぱなしのひきだしをポンと触って、閉めただけ。そして長く深いため息。ソジンはユジュンと自分がこの状況を完全に違うように受け取っていることに気づいたが、どうしても言葉にならなかった。

ぎこちない沈黙に包まれていたのも束の間、ユジュンのお母さんがバタバタと書斎の方に走ってきた。お母さんはユジュンとソジンが書斎にいることを責めはしなかった。二人がすぐに見つからなかったことに怒っているようだった。お母さんは外出するのだと言う。見るからに急いでいる。突然決まったことだが、それなりの装いが必要な場に行くのだということはすぐにわかった。お母さんは老人のあとについて出ていった。何も言い置くこともなく。

あの人、戦争に行ったことがあるんだって。老人とお母さんが乗った車が路地を走り去っていく、そのテールランプを見つめていたユジュンが言った。ソジンは怪訝な顔をしてユジュンを振り返った。軍人だったんだって。そういうこともあるだろう。ソジンのおじいさんもよその国の戦争に行ってきた人だ。人を殺したことはないんだって、銃を持つことすらできなかったんだって、でも人が死ぬのは見たって。ユジュンの声がだんだんと小さくなる。あっという間なんだって、苦しみが大きいほど早く死ぬんだって。最後の言葉はよく聴こえなかった。そんなことを言いながら、ユジュンはソジンを険しい目で睨《にら》んだ。冷たくて不安げな目だった。気持ちをあえて隠そうともしていない。その目にはぞくりとさせるものがあった。学校でいじめられているユジュンをソジンが知らんぷりするのを見ているときや、ほかの友達と遊んでいるソジンをひとり待つときのあの目だ。

いや、そうとばかりも言えない。近頃のユジュンの表情はいつもそんな感じだ。ユジュンは緊張の解けることのない学校生活に少なからず疲れているようだった。ぼんやりとしていることも多くなった。ときには思いもよらぬことで怒りを爆発させた。ノックをしないで部屋のドアを開けたソジンに、スリッパの音を立てるパートタイムの看病人に、夜遅く帰ってくるお母さんに、声を荒立てる。怒りのあまりそのへんの物を投げたりもする。

ソジンは困惑した。沈黙を破るために、国境の外で起こっているさまざまな酷い出来事を話そうとした。説得力のある話ができるほどに理解できていることでもないのだけれど、学校の先生の話やニュースで時折耳にするところによれば、そういうことは地球上で日々起きている。そんな人がよくも生きているもんだね。ユジュンが皮肉るように言った。そんな人とは、どんな人を指しているのか。それは不自然な疑問だった。ソジンは不必要に緊張していた。ユジュンはただ老人のことを言っているだけなのだ。ひょっとすれば、昔の戦争やよその土地の内戦のことを言っているのかもしれない。そういうことのすべてを言っているのかもしれない。しかし、ソジンのことではない。冷たい目はソジンにではなく、老人が持ってきた鳥に向けられたものなのだろう。鳥を初めて見た瞬間のユジュンの表情を想い起こせば、きっとそうにちがいない。

ソジンが薬の時間を思い出させるまで居間に沈痛な面持ちで座っていたユジュンが、急き立てられるようにお父さんの部屋へと薬の袋を持って入っていった。お粥のように水に溶かした薬をゆっくりと口に流し込む作業はそれなりの時間がかかるものなのだが、この日にかぎってさらに時間がかかった。ソジンが目を惹くところなど何ひとつない退屈な鳥をうんざりするほど覗きこんでも、テレビをつけて面白くもない歴史ドラマをすっかり観てしまっても、ユジュンはお父さんの部屋から出てこない。ソジンはキッチンをひっくりかえして、布きれを見つけ出して、鳥籠を覆った。テレビも消した。居間は静まり返った。大きな家の静寂と闇がひとつになって押し寄せてきた。見知らぬ世界、なのに心が落ち着いた。ソジンがひとりでこの家にいる時にはいつも感じていたことだ。いや、いまはひとりではないはずだ。ソジンはユジュンのお父さんが臥せっている部屋へと向かった。

わずかに開いたドアの隙間から、息もできないほどのすさまじい臭いがムンと押し寄せた。鼻を押さえて気を取り直せば、ぼんやり立ち尽くしているユジュンの後ろ姿が目に入った。ユジュンは突っ立ったまま、父親を見おろしていた。ソジンが呼んでも振り返らない。ユジュン。もう一度呼んだ。僕の部屋に行ってて。ユジュンが小さな声で言った。断固とした、しかし沈鬱な命令の声だった。ユジュンはまだしばらく父親を見ているつもりのようだった。ソジンはゆっくりとドアを閉める。居間のソファに座る。

少しして部屋から出てきたユジュンは、ソジンを自分の部屋に連れていった。ユジュンとソジンはコンピューターゲームをした。それからそれぞれどうでもいいことで時間をつぶした。ソジンが帰ろうとするとユジュンが引き止めた。もう友達と遊ぶのに夢中になって家に帰りそびれるような子供でもなく、明日学校に持ってゆく教科書もないから、泊まるのは気が進まない。だがユジュンは譲らなかった。

翌朝、北側の部屋へとソジンを起こしにくる者はいなかった。ソジンは寝過ごした。初秋にもかかわらず部屋は冷え込んで、風邪を引いたようだった。寝ぼけまなこで周囲をみまわす。ブラインドの隙間から差し込む光の暖かさにハッとして、もう遅刻なのだと悟った。そのうえ、家の中がおそろしく静まりかえっている、ソジンを起こしにやってくるユジュンのお母さんの落ちくぼんだ眼もない、それが気にかかった。

ソジンはそろそろと北側の部屋から出る。そして直感的に知った、この家には自分のほかには誰もいないということを。ユジュンが自分を置き去りにして学校に行ったかと思うと、ソジンはひどく腹が立った。深夜に帰宅したユジュンのお母さんはソジンが北側の部屋で寝ていることにまったく気づかなかった、ということもありえる。寝過ごすまで放っておいたのはすべてユジュンの判断であるはずだ。だから、遅れて学校に行って、ユジュンの教室には行かなかった。その朝のただならぬ静けさが何を意味するのか、ソジンは、夜に、工場からお父さんが帰ってきてはじめて知った。

引越は急に決まった。人々はユジュンのお父さんの死がもたらした不幸を楽しむことに夢中だった。噂はただただユジュンのお父さんの突然の死に集中し、やがて工場売却の話が知れわたるとうやむやに消えていった。工場の売却は初期には秘密裡に進められたものの、話が決まった頃には工場に関わりのある者ならもう誰もが知っていた。莫大なお金が残されたという噂が流れたが、実のところは、税金のほかはほとんど残らなかった。合法的な手続きを経たものだから、ユジュンのお母さんは工場を引き受けた老人に法的責任を問うことはできなかったという。老人はこのためにあらゆる手を打っていたのだ。ユジュンのお母さんの愚かなふるまいを一緒になって憤る者などひとりもいなかった。

ソジンが家に行ったとき、ユジュンは鳥をぎゅっと握りしめていた。顔を真っ赤にさせていた。握りしめた手には血管がくっきりと浮き上がっていた。驚くソジンにユジュンは力をゆるめた。そして、自分は何もしていない、鳥はすでに死んでいたのだと言うかのように、ソジンに鳥を差し出した。工場売却をめぐる老人の企みが明らかになったからには、鳥に餌や水をやる者などいなかったのだろう。触ってみろよ。ユジュンが言う。ソジンは首を横に振る。ユジュンは諦めない。ソジンはしかたなく気乗りしない手をのばして触れてみる。鳥にはまったく体温がなかった。死んでからしばらく経っているようだった。

ソジンの忠告どおりに、ユジュンは死んだ鳥をゴミ箱には捨てず、庭の木の下に埋めることにした。土を盛る代わりに石をひとつ置いた。それからユジュンの言うままに二人は石の前に並んで立った。今度も鳥に生まれてこい。ユジュンが呟いた。祝福の言葉なのだろうか。わからない。ソジンは祈るべきこともなく、何も祈らずにただユジュンを見つめた。こないだの葬式の時のように。式が執り行われているあいだじゅう後ろの方に立って、泣かないユジュンを見ていたのだ。人は多くはなかったから、遮られることもなくユジュンを見ることができた。ユジュンは泣くのをじっとこらえているようだった。ことさらにそんな表情をつくっているようにも見えた。もうあの家には行くな。すべてが終わったあとにお父さんがソジンに言った。不幸はうつるものだからな、と。ソジンは返事をしなかった。

ユジュンは父親の死に大きなショックを受けているようだった。口数が減った。手を握りしめていることが多くなった。泣いてはなくとも目は赤かった。死んだお父さんのことに、ただ一度だけ、さりげなく触れたことがある。お父さんもやっぱり死ぬこともあるような人間だったんだと思ったら驚いた、というような話ではない。死んだお父さんが残した、成分不明の灰についての話だ。ユジュンはお母さんに言われて、手袋をしたまま灰になったお父さんをつかんでみたのだという。手袋は白かった。灰は黄色くて粒も荒かった。風が吹いても飛んでゆかなかった。灰が手袋にくっついて落ちないものだから、ユジュンはひどく手こずった。灰がくっついた手袋をユジュンのお母さんが遺品を焼く炎の中に放り込んだ。その炎がお父さんの物をほとんどすべて焼き尽くした、とユジュンは言った。

引越の前日、ユジュンとソジンはもうすぐ過去のものとなる大きな家を見てまわった。今もなお鼻をつく臭いの抜けない部屋、物でいっぱいになっている部屋、大きなソファがある居間と六人用の食卓のあるキッチン、ソジンが寝泊まりした客室にユジンのお父さんの書斎まで。

家をひととおり見てまわると、ユジュンは庭の木のところへと行った。言葉もなく足でトントンと地面を蹴った。一度掘り起こしてまた埋め直した土は簡単に崩れた。ソジンが黙って立っているのが気に喰わない、と言うかのようにユジュンはうずくまって、石をどけて、手で地面を掘り返した。そこには鳥の羽やかぼそい骨や腐敗する肉のようなものは、なにひとつ残っていなかった。鳥を埋めた場所を記憶違いしているのでも、そうなるに十分な時間が流れたのでもない。

何かがまちがっているようだった。

　ユジュンは何もないという事実に腹を立て、あたりの地面をさらに掘り返した。鳥を埋めたときよりももっと深く、広く。きれいだ、なんにもない。へとへとになるまであたり一面を掘り返したユジュンが言う。こういうことなのか。さらにユジュンが言う。ソジンはその言葉の意味を問いはしなかった。自分の鈍さにユジュンが気づかぬことばかりを願った。ユジュンは、鳥とはちがってお父さんはなんだってあんなべとべとした粉になったのかわからないよ、と呟いて、冗談めかしてにやりとした。秘密だよ。ユジュンが地面を埋め戻しながら言った。ソジンがうなずく。お父さんについての冗談が秘密なのか、死んだ鳥が跡形もなく消えたことが秘密なのか、わからぬままに、それは二人が分かち合った最初の秘密になった。最後の秘密でもあったということは、その時には知るすべもなかった。

　その夜、ソジンはユジュンの家で寝た。いつものように北側の部屋で。ぐっすり眠ることはできなかった。この家にはソジンだけが知っていることがあるのだ。特に軋む床の場所、がらんとした廊下の壁にこっそり書いた意味のない落書き、客室の布団のがさがさした感触。窓から忍び込んでくる月の光に眠りを遮られつつ、そんなことを思っては、しきりに寝返りを打った。

　うとうとと眠りにおちてゆく、そのとき、すーっとドアの開く音がした。灯りの消えた暗い廊下の空気が流れ込んできた。窓の外からはかすかな光。誰かが音もなくベッドのすぐそばへと近づいてくる。誰かがベッドに横たわるソジンを覗き込む。ソジンは目をあけなかった。音がしそうで、唾を飲みこむこともできなかった。何も見えない、何も聞こえない、けれど自分を覗き込んでいる誰かが泣いているということはわかった。ユジュンがベッドの脇に立ってずっとお父さんを見つめていたことも思い出した。がっしりとして小さなユジュンの背中、その向こうに見えたユジュンのお父さんの、まっすぐに投げ出されていた、ぴくりとも動かない足、体を覆う白い布団のようなもの。ユジュンは、あのとき、お父さんが死んだことを知ったのかもしれない。そう思った瞬間、はっとした。あのとき、ソジンが居間から聞こえたあの音をひとり聴いていたことを、ユジュンは知っている。きれいに整えられていたユジュンの寝具は、ソジンが横たわった痕跡をそのまま残していたことだろう。コンピューターの履歴を確認しても、容易にわかることだろう。慌てて家を抜け出すソジンを見たということもありうる。なのにユジュンはいままでにひとつ言いはしなかった。そう思うと、とてつもなく怖くなった。恐怖につつまれて、実際に起きたことから、ひょっとしたら起きていたかもしれないことまでもが心に浮かんだ。ソジンはけっして目を開けなかった。ベッドを見おろす気配をずっと感じつづけた。そして、ある瞬間、すとんと眠りに落ちた。

あくる朝、ユジュンのお母さんはいつにもまして早くソジンを揺り起こした。ユジュンのお母さんの後ろ姿を映していた鏡はもうとっくに片付けられて、跡形もない。引越の荷物は大きな二台のトラックに分けて積まれていく。ソジンは寒さに震えながらそれをひたすら見守る、だから、ユジュンに何も聞くことはできない。

訳者あとがき

二〇一八年十二月二十日、約束は午前十時。ソウル麻浦《マッポ》のベストウェスタンプレミア・ソウルガーデンホテルの一階ラウンジ。私は南山から麻浦に向かう。バスや地下鉄では面倒だが、タクシーに乗れば、ひょいと行ける距離だ。タクシーなどいくらでも走っている、はずだった。

作家ピョン・ヘヨンに訳者として初めて会おうというその日、ソウル市内からタクシーが消えていた。作品についてたくさん聞きたいことがあった。登場する町の地図、主人公たちの家の間取り、いかようにも解釈しうる言葉に込めた意味、この都市はどこかモデルがありますか？ ピョンさんはきっとフラナリー・オコナーの『善人はなかなかいない』のあの感じ、お好きでしょう？ ところで、今回の日本語版は短篇集『夜の求愛』を中心としたオリジナルな構成のものになりますが、作品の並びについてはいかがお考え？ 日本語版タイトルはどうしましょう？ いや、しかし、あの作品のあの人はいったいどこに消えたんですか？

気は急く。タクシーは来ない。もう約束の時間になってしまった……。絶望する目に、ふっと、いつ現れたのか、オレンジ色のタクシーが走ってくるのが飛び込んでくる、手を振り回す。運転手が一瞬逡巡したのがフロントガラス越しに見えた。とにかく、タクシーは停まった。

「お客さん、今日はね、ソウルの全タクシーがストライキだ。僕もこれからタクシー運転手の集会に行くところなんだが……、まあ、しょうがない、通り道だから乗せてってあげるよ」

さて、このタクシーは救いなのか、それとも、出口なしの世界でのさらなる彷徨のはじまりなのか、私は目的地にたどりつけるのか、そもそも目的地などあったのだろうか、もしやすでに私はピョン・ヘヨンの世界に巻き込まれているのか……。

作家ピョン・ヘヨンの作品はひそかにじんわり恐ろしい。

その恐怖は、誰もが実は知っている、感じている、これまでのところはうまいことやり過ごしている、でもどこかで何かを間違えたなら、踏み越えてしまったなら、もうとりかえしはつかない、戻れない、そんな日常のささいな分岐点、もしくは不条理が普通の人々の物語として描かれるところから生まれくるものだ。いわば、思い当たる節のある恐怖なのだ。

荒唐無稽ならば、怯えて面白がってただのお話とすぐさっぱり忘れることもできように、ピョン・ヘヨンの世界には、まるで自分のことのような、あの人たちの思惑、あの人たちの欲望、あの人たちの苦しみ、あの人たちの孤独が、あの人たちの一見不可解だけどそうせざるをえない衝動とともにあるから、むしろたちがわるい。

誤解。

と、その小説作法を作家は語ったことがある。

「じっと座って道ゆく人を眺めて、その人たちのことを自分なりに想像するのです。とはいえ、私が書く小説とは、誤解したことをそのまま書いてゆく過程だと思うこともあります」「小説を書くというのは、私なりに誤解した世界を最善を尽くして書くことだと思うのです」

これは、短篇「モンスーン」が二〇一四年に第三八回李箱文学賞を受賞した際の言葉。誤解としての想像力。もしくは想像力という誤解。その自覚。

この言葉ほど、ピョン・ヘヨンの作品世界の成り立ちの秘密に触れたものはないようにも思われる。そもそも想像力に正解などがあろうか？　正解を書きつける文学に未来があろうか？　作家のけっして断言することのない想像力は、正解へといたる道を断つ。そもそも人間の世界は無数の誤解の世界であるのだから。私たちは他者を誤解しつつ、他者とともに生きているのだから。

「私」と「他者」の間の無数の誤解を抱え込んで世界はまわることを知る作家ピョン・ヘヨンは、まことに誠実に、誤解の息づく行間をその作品のうちに形作ってゆく。

行間のある表現。もしくは行間に潜む声。

これもまた、作家ピョン・ヘヨンの大きな特徴だろう。心情、感情、心象にまつわる言葉はざっくざっくと切り落とされていく。そうして作家の想像力／誤解と、読み手の想像力／誤解とが、結び合い響き合う「空白」としての行間が形作られてゆく。その「空白」を「謎」と言い換えてもよい。人間存在の不条理と謎。私たちひとりひとりが抱えて生きる、解きがたくも親密な不条理と謎。当然のことながら、答えはない。

この小説作法を、私は「少年易老《いろう》」を翻訳する過程で図らずも追体験することとなった。それは、訳者というよりも、ひとりの書き手として、実に興味深い経験だった。

当初、「少年易老」は『2015現代文学賞 受賞小説集』を底本として訳出されたのだった。その後、韓国で「少年易老」を表題作とする短篇集『소년이로（少年易老）』が刊行されることとなり、そのために「少年易老」の原稿の見直しをしているという連絡を作家本人から受けた。そういうわけで見直しの段階で一度、そして二〇一九年五月刊行となった短篇集『소년이로（少年易老）』を最終的な底本として、最初の訳稿と突き合わせたのだが、もともとの原稿自体が心理描写を抑制しているのに、そのうえさらに容赦なく心理描写が削られていく。説明が省かれてゆく。読み手の想像力の領域が大きく膨らんでゆく。韓国語を読むことのできる読者は、是非、『2015現代文学賞 受賞小説集』（現代文学）と短篇集『소년이로（少年易老）』（文学と知性社）を読み比べてみてほしい。そこには作家の目指す表現への繊細かつ大胆な格闘の軌跡が確かに刻み込まれている。

さて、本書『モンスーン』の構成と内容について、少しばかり説明をしよう。

九篇の短篇のうち七篇は、短篇集『夜の求愛（저녁의 구애）』（文学と知性社、二〇一一年）から取られている。「観光バスに乗られますか?」「ウサギの墓」「散策」「同一の昼食」「クリーム色のソファの部屋」「カンヅメ工場」「夜の求愛」の七編だ。それを、その後に発表された「モンスーン」（二〇一三年）と「少年易老」（二〇一四年）の二篇で挟み込んでいる。その意図するところは、書くほどに変容していく作家ピョン・ヘヨンの現在地と今後の行方を、予感を込めて一冊にまとめることにある。

まず、『夜の求愛』からの七篇について。

そもそも『夜の求愛』は、非日常的なディストピアを描いた『アオイガーデン（아오이가든）』（二〇〇五年）から、平凡な日常の悪夢をテーマとした『飼育場の方へ（사육장 쪽으로）』（二〇〇七年）

への流れをさらに深化させた短篇集である。

『夜の求愛』を貫くテーマは「反復される日常の生」。とある韓国の文芸評論家はそれを「同一性の地獄」と評する。その何が地獄なのかと言えば、平凡な日常それ自体が実は脱出不可能な迷路であり、しかもその日常がさまざまに反復されてゆくという不条理がそこにあるからだ。しかも、そのなかを彷徨う人々は、カフカの「K」のように単にイニシャルであったり、あるいはパクとかジンとかソというような姓でしか呼ばれない。入れ替え可能、消えてもわからない、現れてもわからない、誰も気にしない。日常もコピーなら、そのなかの存在もコピー、彼らが直面する不条理すらもコピーというすさまじさだ。「観光バスに乗られますか?」では、上司から正体不明の袋を運ぶ業務を命じられた若い二人組が登場する。どこになんのために運ぶのかわからない袋を抱えて、バスに乗って、都市から都市へ、脱出不能のループのはじまりなのか、ループからの脱出なのか……。「ウサギの墓」の主人公は先輩からの打診を受けて、その業務を引き継ぐ形で他都市に派遣勤務することになる。その業務の意味(無意味)、自身の存在の意味(無意味)が淡々とループの中をめぐってゆく。


不条理からの脱出はいかにして果たされるのか? その解決のひとつ、それもひどく理不尽な解決(あるいは未解決)を、これもまた淡々と描いたのが「散策」だ。都市から地方支社へと異動した主人公はなぜに散策をせざるをえないのか、そしてその行方は……。

「同一の昼食」は、まさにコピーがテーマだ。大学構内で複写・製本店を経営する主人公の日々が判を押したようなコピーの連続のような日常。しかし、もしかしたらそれはみずからすすんで迷いこんでいる同一の日常なのではないか? ある事件に揺らぐ日常、しかし、それもつかの間の揺らぎなのだろうか？

「クリーム色のソファの部屋」。それは、そこをめざして、明日の希望をめざして、道路をひた走るのに、いつまでもたどりつけない部屋。主人公の性格に問題があるのか、運が悪いのか、いずれにしても、はじまりはささいなことが、どうしてここまでこじれるのか、いつになったらたどりつけるのか、次々かけちがえてゆく運命のボタン、厄介至極だ。

カンヅメもまた、一種の大量コピー製品であり、そこで働く者たちも大量コピー人間と言えるのかもしれない。工場長の突然の失踪で幕を開ける「カンヅメ工場」の物語には、そこはかとなく漂う事件のにおい。なんでも詰めることのできる「カンヅメ」と、それをめぐる人間模様、そして謎。

そして、「夜の求愛」。花屋を営む男への一本の電話からはじまる。死にゆく者がいるという。男はその死を待たねばならぬという理不尽な状況に追い込まれる。そもそも人と人の関わりほどに理不尽なものがあろうか、どうして男は女と関係を持ち、その関係は誰かの死を待つその間に揺らめくのか、ここにも謎。

このようにピョン・ヘヨンがくりかえし描き出す理不尽と謎に満ちた出口なしの日常こそが私たちの現実なのだとつくづくと思い至れば、じわじわと怖い。

この「同一性の地獄」からの逃走路として配されたのが、それぞれに作家の新たな世界を切り拓いてみせた「モンスーン」と「少年易老」の二篇となる。とりわけ「少年易老」は作家自身が大きな転機と位置づける作品だ。どちらの作品も、主人公に名前がある。明かされぬ秘密がある。秘密につきまとう不安がある、痛みがある、孤独がある。問いがある。

いったい人はいつ、どの分岐点で、もう戻ることのできない領域へと入り込むのか。

それは「モンスーン」ではこう語られる。

「モンスーンのような大きな風はいつ風向きを変えるのか？　それは風向きが変わってから初めてわかることで、事前に変わる瞬間を知ることはできない」

あるいは、「少年易老」では、すべてが終わったあとに、少年がぽつりと呟く。

「こういうことなのか」

そうだ、そういうことなのだ、私たちはそのような生を生きていくほかないのだとある時点で気づき、それでも生きていくのであって、生きるかぎりは作家もまた書きつづけるほかはないのである。「少年易老」の現代文学賞受賞に寄せる作家自身の言葉にもあるように。

「ときには、ある出来事が、ずいぶん前に経験したことをまた経験しているようでもあり、生まれてはじめて経験することのようでもあり、奇妙な既視感と無力感、味わったことのない悲しみに同時に襲われることがあります。今年起こった出来事がそのようなことでした。誰もが絶望し、生気を失っているなかにあって、とりわけ小説を書くことなどはただただ無用で無力に思われました。

それでも私は小説を書きつづけました。不幸と傷が、不安と疑心が、私に小説を書かせる力となるゆえに」（第六〇回現代文学賞受賞の言葉より）

今年起こった出来事とは、二〇一四年四月のセウォル号事件を指している。ストレートに社会的なことを書くことはないけれども、社会的なことを意識せずに書くことはない。タクシーストライキのあの日、無事ホテルにたどりついた私に、そうピョン・ヘヨンは語った。

さてさて、それからどうしてそのようなことになったのか、記憶は定かではないのだが、ホテルのラウンジで翻訳をめぐる話を終えた私たちは、いつしか作家の生年月日を紙に書きつけて、いったいいつまで書きつづけるのか、四柱推命の占いをもとに真剣に語り合っていたのだった。

しかし、それは、占うまでもなくわかっていること。たとえすべてのタクシーが止まっても、いやでも必ず現れる一台の車があるのである。どこに連れていかれるのか、どこに行くのか、わからぬままタクシーは停まり、不条理と謎を生きる者を乗せて走りだす。たしかにそのようにして彼女もホテルに現われたのである。


現在、ピョン・ヘヨン作品で邦訳が出ているのは、まずは短篇集『アオイガーデン』（クオン、二〇一七年）。ただし、邦訳版は、韓国版『アオイガーデン』と『飼育場の方へ』から各四篇ずつを収めたものとなっている。そして、長篇『ホール』（書肆侃侃房、二〇一八年）。この作品は、二〇一八年にサスペンス小説を対象とする米国のシャーリー・ジャクソン賞（Shirley Jackson Awards）を受賞した。


最後に、訳者からの質問ににこやかに答えてくださったピョン・ヘヨンさんに、心から感謝申し上げます。

そして、編集にあたってくださった白水社の杉本貴美代さん、わが家に泊まり込んで一緒に愉快に訳文検討会をしてくれたわが友、梁湖南《ヤンホナム》に、ありがとう！

本書を開いて、日常の不条理と謎にとりつかれてしまったすべての方に、幸多からんことを！

二〇一九年五月三十一日

姜信子

初出一覧

「モンスーン」（『韓国文学』二〇一三年冬号　二〇一四年第三八回李箱文学賞）
「観光バスに乗られますか？」（『世界の文学』二〇〇八年春号）
「ウサギの墓」（『現代文学』二〇〇九年三月号　二〇〇九年第一〇回李孝石文学賞）
「散策」（『文学と社会』二〇〇八年春号）
「同一の昼食」（『韓国文学』二〇〇八年冬号）
「クリーム色のソファの部屋」（テーマ小説集『ソウルのある日　小説になる』二〇〇九年）
「カンヅメ工場」（『文学トンネ』二〇〇九年夏号）
「夜の求愛」（『作家世界』二〇〇九年冬号）
「少年易老」（『21世紀文学』二〇一四年夏号　二〇一五年第六〇回現代文学賞）

訳者略歴

一九六一年、横浜市生まれ。著書に『棄郷ノート』(作品社)、『ノレ・ノスタルギーヤ』、『ナミイ! 八重山のおばあの歌物語』、『イリオモテ』(以上、岩波書店)、『はじまれ』(サウダージブックス)、『生きとし生ける空白の物語』(港の人)、『声 千年先に届くほどに』、『現代説経集』(以上、ぷねうま舎)、『平成山椒太夫 あんじゅ、あんじゅ、さまよい安寿』(せりか書房)など多数。訳書に、李清俊『あなたたちの天国』(みすず書房)、カニー・カン『遥かなる静けき朝の国』(青山出版社)、編著に『死ぬふりだけでやめとけや 谺雄二詩文集』(みすず書房)、『金石範評論集』(明石書店)など。
二〇一七年、『声 千年先に届くほどに』で鉄犬ヘテロトピア文学賞受賞。

〈エクス・リブリス〉
モンスーン

二〇一九年七月二〇日 印刷
二〇一九年八月一五日 発行

著者 ピョン・ヘヨン
訳者 © 姜《きょう》 信《のぶ》 子《こ》
発行者 及川直志
印刷所 株式会社三陽社
発行所 株式会社白水社

東京都千代田区神田小川町三の二四
電話 営業部〇三(三二九一)七八一一
　　 編集部〇三(三二九一)七八二一
振替 〇〇一九〇-五-三三二二八
郵便番号 一〇一-〇〇五二
www.hakusuisha.co.jp
乱丁・落丁本は、送料小社負担にてお取り替えいたします。

誠製本株式会社

ISBN978-4-560-09060-2

Printed in Japan